Saveurs et équilibre

© Weight Watchers International Inc., 2007. Tous droits réservés.
Weight Watchers est une marque déposée de Weight Watchers Inc.
et est utilisée sous licence.
© Éditions Robert Laffont, S.A., Paris, 2007.
ISBN : 978-2-253-08496-9 – 1re publication LGF

Saveurs et équilibre

150 nouvelles recettes et des menus

ROBERT LAFFONT

Sommaire

Préface 11
Les repères 12
Le placard utile 13
Toujours au frais 14
Une semaine de menus à 20 unités POINTS par jour 15
Une semaine de menus à 24 unités POINTS par jour 23

Entrées

Brochettes de Saint-Jacques au jambon	32	2
Crème d'endives au bacon	34	1,5
Couronne de jambon	36	4,5
Gratin de quenelles aux champignons	36	4
Potage cévenol	37	2,5
Samosas de dinde à la coriandre	38	2
Carottes aux agrumes	40	0,5
Flan de chou-fleur au coulis de potimarron	42	1,5
Cocktail vitaminé	42	0,5
Minibrochettes de la mer	43	1
Concombre à la menthe	43	1
Tartelettes aux pommes et au camembert	44	3,5
Flans d'asperges au beurre blanc de tomates	46	4,5
Soupe blanche	48	2
Flan aux épinards	48	1,5
Feuilletés à la grecque	49	4,5
Velouté aux échalotes	50	1
Ktipiti	52	4,5
Soupe au concombre	54	1,5
Terrine de l'océan	54	2,5
Julienne de légumes en potage	55	0,5
Verrines de saumon	56	4
Tomates sur toasts	58	5
Tomates farcies	60	1,5
Feuilletés au fromage	60	0,5
Gaspacho	61	2

sommaire

unité POINTS

Cake au crabe	62	3
Tatin de potiron	64	5,5
Soupe fraîcheur	66	3
Saumon en paillettes	66	6
Tarte forestière	67	4,5
Carpaccio de poire et d'avocat	68	6
Sardines en escabèche	70	5,5
Terrine de poivron au chèvre	72	5,5
Tartelettes aux noix de Saint-Jacques, sauce au whisky	73	3,5
Œufs cocotte au tarama	74	4,5
Mousse de courgettes aux pignons	76	2

Plats

Blanquette de la mer	80	4
Brochettes tikka	82	5,5
Saumonette à la choucroute	84	5
Couscous de légumes aux épices douces	86	4
Étuvée de carottes safranées aux épinards	88	0,5
Poulet au gingembre	90	6
Fettucines au roquefort	90	7,5
Dorade au citron	91	4
Farfalles printanières	92	6
Lapin à la flamande, pommes vapeur	94	5,5
Gigolettes de lapin aux 4 épices	96	2,5
Fondue d'endives	98	1
Mille-feuille de chou au poisson	100	3,5
Papillotes de cabillaud	102	3
Papillotes de saumon aux herbes	102	5,5
Ris de veau aux morilles	103	3,5
Tagliatelles aux rougets	104	7,5
Tournedos aux p'tits oignons	106	2,5
Blanquette de Saint-Jacques	108	2
Crumble de courgettes	110	4
Rôti de dinde, poires pochées au vin rouge	112	3,5
Filet mignon au chou romanesco	113	4
Croustillant de saumon aux épinards	114	6,5
Petits gratins de feuilles	116	1,5
Pintade aux lentilles	118	7

sommaire

		unité POINTS
Truite au confit d'artichaut	120	4
Rôti à la moutarde d'herbes	122	3,5
Colombo de dinde	124	5,5
Effiloché de raie au fenouil et poivron	124	3,5
Pommes de terre en éventail	125	3,5
Rôti de magrets aux champignons	126	5,5
Agneau au thym et petits légumes	128	4
Brochettes de printemps	130	2
Civet de lotte et polenta	132	6,5
Fèves mijotées	134	1
Quinoa d'automne	136	3,5
Crumble de tomates aux saucisses	136	8
Linguinis aux moules	137	6
Filet mignon à la canadienne	138	3,5
Papillotes de poisson au gingembre	140	2,5
Pavés d'autruche aux herbes	142	2,5
Grenadins de veau à l'indienne	144	4
Poulet au sésame	146	5,5
Paupiettes de veau	148	4
Flétan à la crème d'oseille	149	3,5
Morue aux deux poivrons	150	3,5
Paillasson aux deux légumes	152	3,5
Poulet canja	154	5,5
Flan de chou-fleur	155	2,5
Tarte aux pommes de terre et à la feta	156	6
Légumes façon mille-feuille	158	2

Salades et en-cas

Salade folle	162	3,5
Concombre sauce rose	164	3
Salade César	166	5
Salade du Sud	168	2
Tartine au chèvre frais	168	2,5
Laitue surprise	169	4
Salade de poulet mariné à l'italienne	170	4,5
Sandwich chaud	172	5,5
Betteraves au surimi	174	2
Cake au poulet et à l'estragon	176	2,5

sommaire

		POINTS
Salade de la mer	176	5
Muffins au blé complet	177	2,5
Barquettes d'endives	178	2,5
Salade périgourdine	180	2
Effeuillée de cabillaud aux herbes	182	2
Salade de couscous au surimi	184	6
Salade de betteraves aux noix	184	2
Salade de pommes de terre aux fruits de mer	185	3,5
Tartare de légumes	186	1
Salade de quatre graines aux crevettes	188	4,5
Salade de thon mi-cuit et légumes du jardin	190	5,5
Salade d'avocat	192	4
Minicakes aux tomates séchées	192	3
Cake de courgette et chèvre	193	4
Coupes acidulées au crabe	194	3
Émincé de chou	196	2
Tomates croustillantes	198	2,5
Cake aux légumes	200	3
Salade Brazil	201	4,5
Rémoulade de céleri, châtaignes et pommes	202	1
Salade tiède de gambas aux fèves	204	4,5

Desserts

Charlotte aux myrtilles	208	2,5
Manqué du verger	210	3
Petites tatin de poires	212	2,5
Tuiles au café	214	2,5
Tartelettes aux griottes	216	3,5
Cake à la farine de châtaignes	218	4
Clafoutis au duo de fruits	220	3,5
Croquant de framboises à la rose	221	3
Poires épicées en verrines	222	6,5
Risotto au lait de coco	224	5,5
Flamusse aux pommes et raisins blonds	226	4,5
Un gâteau tout simple	228	2
Un délice de chocolat	230	4,5
Minicakes	232	3
Millas	234	3,5

sommaire

		unités POINTS
Granité de café à la menthe	235	0
Mousse au chocolat	236	6
Tarte fine aux pommes	238	3
Velouté de mangue	240	1,5
Niflettes	242	2
Muffins aux baies	244	2,5
Trifle à l'orange	246	5,5
Flans aux abricots	248	2,5
Fraises au coulis de groseilles	248	0,5
Soufflé plume à l'écorce d'orange confite	249	5,5
Chaussons d'ananas à la cardamome	250	6,5
Crème à la banane	252	3
Gâteau et sa compotée citronnée	254	3,5
Mousse de mûres	256	1,5
Palets au chocolat	258	1,5
Tartelettes amandine	260	6

Index par ingrédients	263
Index par unités POINTS	275
Index par pictogrammes	279

préface

Les 6 atouts de la forme
Weight Watchers
Chaque jour

Variété alimentaire	Fruits et légumes	Eau et autres liquides	Matières grasses	Calcium	Exercice physique
Varier le plus possible	5 par jour	1,5 à 2 L dont au moins 1 L d'eau	2 à 3 portions, de préférence végétales	2 à 3 produits laitiers	Au moins 30 minutes

préface

L'équilibre gourmand

Weight Watchers est devenu la référence en matière d'aide à l'amaigrissement des personnes en surpoids. Mais quel est le secret de ce succès ?

Pour maigrir, il faut rassembler trois ingrédients :
- **un programme alimentaire,**
- **un objectif,**
- **de la motivation.**

Afin de trouver leur « recette » pour maigrir, chaque semaine près de 50 000 personnes se retrouvent aux quatre coins de France dans des réunions *Weight Watchers*. Nous les guidons dans leur projet d'amaigrissement en leur transmettant les bases d'une alimentation équilibrée à travers un programme alimentaire et en maintenant leur motivation semaine après semaine.

Ce livre est le reflet de la démarche *Weight Watchers* : apprendre à se faire plaisir en cuisinant autrement pour profiter de toutes les saveurs qu'offrent les aliments et manger avec délice ce dont le corps a besoin pour rester en pleine forme.

Pour maigrir, rien ne sert de se priver, mieux vaut manger de tout, raisonnablement.

En un mot, « **garder l'équilibre** », c'est-à-dire manger ce dont on a besoin sans « stocker ».

Si vous voulez savoir comment faire, venez donc assister à l'une des 1 600 réunions *Weight Watchers* hebdomadaires. En tout cas, n'abandonnez pas votre gourmandise, apprenez à la satisfaire autrement, ce livre est fait pour ça !

Muriel Marreau
Directrice recherche et développement
Weight Watchers France

Tél. : 0 825 305 305 (0,15 €/min)
Internet : www.weightwatchers.fr

les repères...

Les repères...

Pour un bon équilibre alimentaire.

L'unité de valeur des aliments dans le programme *Weight Watchers* est le ⓒ. Le nombre de **POINTS** par personne est donc indiqué pour chaque recette.

Si vous ne suivez pas le programme, cuisiner une recette *Weight Watchers* est un gage d'équilibre entre le plaisir, la diététique et la légèreté.

Pour chaque recette, vous trouverez également des pictogrammes, repères visuels sur les atouts de la forme *Weight Watchers* et l'équilibre alimentaire. Page 279, les recettes sont indexées par pictogrammes.

Cordon bleu		Recettes raffinées, plus élaborées, pour des repas de fête
Allégé en matières grasses		Contient peu de matières grasses
Protéines		Contient de la viande, du poisson ou des protéines végétales
Calcium		À base de lait, de yaourt ou de fromage blanc
Fruits et légumes		À base de fruits ou de légumes
Sucres complexes		À base de féculents, de pain, de céréales

Le placard utile

Voici quelques produits à garder toujours en réserve pour les avoir à portée de main au moment d'improviser un repas agréable et facile.

Épicerie
- Café, thé, tisane
- Céréales, muesli
- Édulcorant
- Épices
- Farine
- Herbes déshydratées
- Légumes secs
- Maïzena
- Pain de mie
- Pâtes, riz, blé, polenta, semoule
- Préparation en poudre pour flan non sucré
- Sucre, confiture, miel, sucre vanillé
- Barres de céréales *Weight Watchers*

Conserves
- Compote
- Coulis de tomate nature
- Crevettes, moules au naturel
- Féculents (non cuisinés) : maïs, haricots blancs et rouges, lentilles, petits pois, flageolets
- Fruits (dans leur jus) : ananas, macédoine de fruits
- Légumes (au naturel) : haricots verts, soja, cœurs de palmier…
- Poisson au naturel : colin, saumon, thon
- Tomates pelées (entières et en dés)

Toujours au frais

Réfrigérateur
- Crème fraîche à 4 ou 5 %
- Fromage blanc à 0 %, 20 % aux fruits
- Fromage râpé allégé
- Jambon (porc ou volaille)
- Légumes : salade, carottes, radis, tomates…
- Margarine, beurre
- Œufs
- Yaourts, petits-suisses

Congélateur
- Filets de poisson
- Fruits nature
- Légumes nature dont champignons
- Pain en tranches
- Plats cuisinés (maison ou industriels)
- Sorbets
- Viande en tranches

Boissons
- Eau
- Boissons light
- Lait écrémé,
  1/2 écrémé concentré
  non sucré

Une semaine de menus à par jour

Lundi

Petit déjeuner
- Thé ou café
- 1 tasse de 100 ml de lait écrémé
- 50 g de pain de campagne
- 1 cc de confiture
- 1 cc de beurre allégé à 41 %
- 1/2 pamplemousse

Déjeuner
- Salade d'endives et de betteraves avec 1 cc d'huile d'olive, jus de citron, ciboulette hachée, sel, poivre
- 2 tranches de rosbif, sauce aux cornichons : 2 CS de fromage blanc à 0 %, 1 cc de moutarde, 2 à 3 cornichons coupés en fines rondelles, persil haché, sel, poivre
- Pâtes fraîches à satiété
- 1 orange ou 1 part de pastèque

Collation
- Thé
- 1 tranche de pain d'épice
- 1 yaourt nature

Dîner
- Potage à la tomate et au basilic sans féculent
- Filet de haddock poché : plonger 1 filet de haddock dans du lait pour le dessaler, le rincer puis le faire pocher 6 minutes à feu doux dans du lait. L'égoutter et le laisser refroidir.
- Sauce : 2 CS de crème fraîche à 5 %, 1 pointe de paprika, persil haché, sel
- 100 g de pommes de terre cuites à l'eau
- 1/8 baguette
- 1 yaourt aux fruits à 0 %
- 1 poire

Une semaine de menus à 20 par jour

Mardi

 Petit déjeuner
- Thé ou café
- 1 pot de fromage blanc à 0 % avec 4 CS de céréales au riz soufflé
- 1 petite banane

 Déjeuner
- Céleri rémoulade avec 1 cc de mayonnaise allégée
- 1 escalope de dinde cuite sur une feuille de cuisson
- Haricots verts surgelés cuits à la vapeur puis revenus dans 1 cc de margarine végétale avec 2 CS de coulis de tomate nature et 1 cc de persil haché
- 1/5 baguette
- 1 part de 30 g de gouda

 Collation
- Thé
- 2 biscuits à la cuillère
- 1 pomme

 Dîner
- Salade de tomates en quartiers avec 1 cc d'huile d'olive, vinaigre, persil haché, sel, poivre
- 1 filet de lieu cuit au court-bouillon, sauce crème d'aneth : 2 CS de crème fraîche à 5 %, 1 jus de citron, 1 cc d'aneth haché, sel, poivre
- 4 CS de blé concassé
- 1 yaourt à la vanille à 0 %
- 1 pot de 100 g de macédoine de fruits au sirop

Une semaine de menus à par jour

Mercredi

Petit déjeuner
- Thé ou café
- 1 bol de 200 ml de lait écrémé
- 50 g de pain au son
- 1 cc de miel
- 1 cc de beurre
- 1 orange pressée

Déjeuner
- Salade de concombre avec 1 cc d'huile, jus de citron et 1 pointe de paprika
- 4 tranches de filet mignon de porc avec 1 petite boîte de haricots rouges réchauffés
- Sauce aux poivrons rouges : ajouter 1 poivron rouge émincé et 1 cc d'herbes de Provence dans 2 CS de coulis de tomate nature. Laisser cuire à feu doux. La verser sur les haricots.
- 1 yaourt aux fruits à 0 %

Collation
- Thé
- 1 barre de céréales au chocolat
- 1 pêche ou 1 pomme

Dîner
- 1 tranche de rôti de filet de dindonneau cuit
- Sauce aux champignons : 1 boîte moyenne de champignons de Paris émincés, 1 cc de Maïzena, 2 CS de crème fraîche à 5 %, 1 cc de moutarde, sel, poivre. Laisser cuire 5 à 10 minutes.
- 1/5 baguette
- 2 portions individuelles de fromage aux fines herbes à 6 %
- 1 pot de compote sans sucre

Une semaine de menus à 20 par jour

Jeudi

Petit déjeuner
- Café ou thé
- 50 g de pain complet
- 1 part de 30 g de camembert léger
- 1 pomme ou 1 nectarine

Déjeuner
- Salade de betteraves avec 1 cc d'huile de noix, vinaigre, 1 cc de ciboulette ciselée, sel, poivre
- 1 blanc de poulet rôti (sans la peau)
- Pommes de terre vapeur à satiété
- Sauce au curry : 2 CS de crème fraîche à 5 %, 1 pointe de curry, sel
- 1 yaourt nature
- 2 clémentines ou des fraises

Collation
- Café
- 1 tranche de pain brioché
- 1 pot de fromage blanc nature à 0 %

Dîner
- Salade de carottes râpées avec 1 cc de vinaigrette allégée, 1 cc de raisins secs
- 2 petits œufs au plat cuits sur une feuille de cuisson
- 3 CS de polenta nature avec 2 CS de coulis de tomate nature
- 1 petit-suisse nature à 0 %

Une semaine de menus à 20 par jour

Vendredi

Petit déjeuner

- Thé ou café
- 1 petit-suisse à 0 %
- 2 tranches de pain grillé avec 1 cc de beurre à 41 % et 1 cc de gelée
- 1 kiwi ou 2 abricots

Déjeuner

- 1/2 pamplemousse
- 1 tranche de saumon frais cuite en papillote à la vapeur + 4 CS de riz cuit
- Fondue de poireaux et carottes coupés en julienne et cuits à l'étouffée avec 2 CS de crème fraîche à 5 % et de la ciboulette ciselée
- 1 yaourt à la vanille à 0 %

Collation

- Café
- 1 pot de flan vanille nappé de caramel
- 1 galette de riz soufflé

Dîner

- Radis à la croque-au-sel
- 1 escalope de dindonneau poêlée sans matière grasse
- Gratin d'aubergines : faire revenir des aubergines et des tomates coupées en fines tranches dans la longueur avec 1 cc d'huile d'olive. Les disposer en les alternant dans un plat à gratin, saupoudrer de 2 cc de chapelure, saler, poivrer. Faire cuire 10 minutes à 200 °C.
- 1/8 baguette + 1 part de brousse
- 1 pomme ou 1 brugnon

menus

Une semaine de menus à par jour

Samedi

Petit déjeuner
- Café ou thé
- 1 tasse de 100 ml de lait écrémé
- 1 pain au lait industriel, 2 cc de beurre à 41 %
- Le jus de 1 pamplemousse

Déjeuner
- Salade de tomates cerises et radis coupés en rondelles avec 1 cc d'huile d'olive, vinaigre balsamique, herbes de Provence
- 1 escalope de veau grillée
- Nouilles fraîches à satiété
- Sauce aux olives : 2 CS de crème fraîche à 5 %, 2 olives vertes en morceaux, 1 cc de moutarde, sel, poivre
- 1 pot de fromage blanc nature à 0 %
- Quelques fraises ou 1 poire

Collation
- Thé
- 2 biscuits à la cuillère

Dîner
- Salade frisée avec 1 cc de vinaigrette allégée, sel, poivre
- Chèvre chaud sur toasts grillés : 30 g de fromage de chèvre allégé à 6 %, 2 tranches de pain de mie grillé
- Aiguillettes de blanc de poulet poêlées sans matière grasse
- Ratatouille « maison » sans matière grasse
- 2 tranches d'ananas frais ou 2 clémentines

Une semaine de menus à par jour

Dimanche

Petit déjeuner
- 1 bol de café au lait avec 200 ml de lait écrémé
- 1 croissant industriel

Déjeuner
- Salade de laitue avec 1 cc de vinaigrette allégée, persil haché, sel, poivre
- Lapin en cocotte : faire revenir 140 g de râble de lapin avec 1 cc d'huile et 1 branche de thym 5 minutes sur chaque face. Ajouter 1 oignon, des carottes émincées, 1 verre de vin blanc sec, saler et poivrer. Laisser cuire 45 minutes à couvert.
- 4 CS de riz
- 1 yaourt à la vanille à 0 %
- Salade de fruits « maison » : pêche, pomme, kiwi, orange coupés en morceaux sans sucre avec 1 sachet de sucre vanillé

Collation
- Thé, 2 petits-suisses nature à 0 %
- 1 pomme au four à la cannelle sans sucre

Dîner
- Salade composée : cœurs de palmier en rondelles, 120 g de crevettes décortiquées, tomates en cubes, 2 CS de maïs, quelques feuilles de mâche, 1/2 orange en quartiers, jus de citron, 1 cc d'huile de noix, sel, poivre
- 1/5 de baguette
- 1 poire ou 1 pêche

Une semaine de menus à par jour

Lundi

 Petit déjeuner
- Thé ou café
- 1 bol de 200 ml de lait 1/2 écrémé
- 1/5 pain
- 1 cc de miel
- 1 cc de beurre
- 1 orange ou 1 pêche

 Déjeuner
- Salade de haricots verts : 2 CS de crème fraîche à 5 %, 1 cc de jus d'orange, persil haché, sel, poivre
- Filet mignon de porc aux pommes fruits : éplucher et couper en lamelles une pomme et la faire cuire dans un fond d'eau avec 1 sachet de sucre vanillé et 1 CS de sauce soja. Ajouter 4 tranches de filet mignon cuites au four sans matière grasse et laisser s'imprégner.
- 4 CS de riz
- 1 pot de fromage blanc à 20 % nature mélangé à 1/2 banane écrasée

 Collation
- Thé
- 1 pot de riz au lait
- 1 orange ou 2 prunes

Dîner
- Salade de mâche et betteraves aux noix avec 1 cc d'huile de noix, vinaigre, moutarde, oignons émincés, 2 cerneaux de noix coupés en morceaux, sel, poivre
- Omelette aux pommes de terre avec 100 g de pommes de terre, 2 petits œufs, 2 CS de crème fraîche à 5 %, sel, poivre
- 1 pot de crème dessert allégée au chocolat

menus

Une semaine de menus à 24 par jour

Mardi

 Petit déjeuner
- 1 yaourt nature
- 40 g de pain aux 7 céréales
- 1 cc de beurre
- 1 cc de confiture
- 2 clémentines ou quelques mirabelles

 Déjeuner
- Cœurs de palmiers en salade avec 1 tomate, 1 CS de maïs en conserve, persil haché, 1 cc de vinaigrette allégée
- 1 blanc de poulet rôti sans la peau
- Spaghettis nature à satiété avec 2 CS de coulis de tomate nature et 2 cc de gruyère allégé râpé
- 1 pot de 100 g de fromage blanc à 20 % nature
- 1 kiwi ou 1 tranche de melon

 Collation
- 1 verre de 100 ml de jus d'orange 100 % pur jus
- 1 tranche de pain d'épice

 Dîner
- Salade de tomates en rondelles avec 1 cc d'huile d'olive, jus de citron, herbes de Provence, sel, poivre
- Cocotte de cabillaud : mettre dans une cocotte 2 CS de crème fraîche à 5 %, 1 gousse d'ail écrasée, 1 pointe de safran, sel, poivre. Ajouter 140 g de dos de cabillaud cru coupé en morceaux, mouiller avec 1/2 verre de vin blanc sec. Couvrir et laisser mijoter 15 minutes à feu doux.
- 100 g de pommes de terre vapeur et 1 boîte moyenne de champignons de Paris
- Semoule au lait : faire chauffer 100 ml de lait 1/2 écrémé avec 1 sachet de sucre vanillé. Verser 1 CS de semoule crue et laisser gonfler. Ajouter 1 CS de raisins secs.

Une semaine de menus à (24) par jour

Mercredi

Petit déjeuner
- Thé ou café
- 1/5 pain
- 2 portions individuelles de fromage frais à 0 %
- 1 pot de compote non sucrée

Déjeuner
- Salade de concombre avec 1 CS de crème fraîche à 15 %, 1 pointe de moutarde, ciboulette ciselée, sel, poivre
- 1 steak de bœuf poêlé sans matière grasse
- Côtes de blettes gratinées au four : faire cuire les blettes à la vapeur puis les mettre dans un plat allant au four avec 3 CS de sauce béchamel mélangées à 1 pointe de paprika. Faire gratiner 10 minutes.
- 1/5 baguette
- 1/8 camembert
- 1 pêche ou 1 tranche d'ananas frais

Collation
- Café
- 1 tranche de pain brioché
- 1 cc de pâte à tartiner au chocolat
- 1 pomme

Dîner
- Betteraves à la vinaigrette avec 1 cc d'huile, 1 cc de vinaigre, ciboulette ciselée, sel, poivre
- 1 escalope de dinde poêlée avec 2 CS de crème fraîche à 5 %, 1 cc de moutarde à l'ancienne, sel, poivre
- Pommes de terre vapeur à satiété
- 1 yaourt à la vanille
- 1 petite grappe de raisins ou 1 petite banane

Une semaine de menus à par jour

Jeudi

 Petit déjeuner
- 1 bol de 200 ml de lait écrémé
- 1 cc de cacao sucré
- 50 g de pain de campagne
- 1 cc de confiture
- 1 cc de beurre à 41 %

 Déjeuner
- 1/2 pamplemousse
- 2 saucisses de volaille
- 4 CS de lentilles cuites avec 1 carotte, 1 cc de margarine végétale, 1 branche de thym, 2 CS de coulis de tomate nature
- 1 yaourt nature
- 1 pomme cuite au four avec 1 sachet de sucre vanillé et 1 cc de miel

 Collation
- Thé
- 1/10 baguette + 30 g de fromage de chèvre allégé à 6 %

Dîner
- Potage à la tomate sans féculent
- 140 g de foies de volaille (poids cru) poêlés sans matière grasse
- Sauce : 2 CS de crème fraîche à 15 %, 1 cc de miel et du jus de citron, sel, poivre
- 4 CS de riz blanc
- 1 pot de fromage blanc à 0 % aux fruits
- 1 petite banane ou 1 dizaine de litchis

Une semaine de menus à par jour

Vendredi

Petit déjeuner
- Café ou thé
- 1 petit-suisse à 0 %
- 2 tranches de pain grillé
- 1 cc de gelée de fruits
- 1 cc de beurre à 41 %
- 2 clémentines ou quelques prunes

Déjeuner
- Haricots verts en salade avec 1 cc de vinaigrette allégée, ail écrasé, persil haché, sel, poivre
- 1 truite cuite au four avec 1 verre de vin blanc, 1 cc d'huile d'olive, 1 échalote hachée, 2 CS de coulis de tomate nature, sel, poivre
- Pommes de terre vapeur à satiété
- 1 yaourt à 0 % aux fruits
- 1 poignée de cerises ou 1 banane

Collation
- Milk-shake à la pêche (ou à la poire) : mixer 100 ml de lait 1/2 écrémé froid avec une pêche (ou une poire) épluchée et coupée en morceaux
- 1 petite crêpe nature avec 1 cc de sucre

Dîner
- 1 cuisse de poulet rôti (sans la peau)
- Panaché de tomates et courgettes coupées en rondelles, cuites à la vapeur puis revenues avec 1 cc de margarine végétale, thym, sel, poivre
- 1/5 baguette
- 1 part de saint-félicien léger
- Salade de fruits frais : fraises (ou pomme) et kiwis avec 1 CS de jus de citron

Une semaine de menus à 24 par jour

Samedi

Petit déjeuner
- Thé ou café
- 1 yaourt nature
- 1 œuf à la coque
- 1/5 baguette en mouillettes beurrées avec 1 cc de beurre allégé

Déjeuner
- Radis au sel
- Blanquette de dinde : mettre dans une cocotte 1 escalope de dinde coupée en gros dés, 1 oignon émincé, 1 cc de Maïzena. Recouvrir d'eau et de 1/2 verre de vin blanc sec. Ajouter 1 cube de bouillon de volaille, 1 bouquet garni, poivrer. Laisser mijoter à feu doux 40 minutes.
- Sauce : 1 petite boîte de champignons de Paris émincés, 2 CS de crème fraîche à 5 %, 2 CS du bouillon, 1 cc de Maïzena. Faire cuire 5 à 10 minutes.
- Tagliatelles nature à satiété
- 1 pot de compote allégée en sucre

Collation
- Thé ou café
- 1 barre de céréales aux fruits
- 1 pomme

Dîner
- Cœurs de palmiers avec 1 cc de vinaigrette, ciboulette ciselée, sel, poivre
- 1 steak haché de bœuf à 5 % grillé
- 100 g de pommes noisettes
- 1 yaourt à 0 % à la vanille
- 1 poire ou 1 brugnon

Une semaine de menus à par jour

Dimanche

Petit déjeuner
- 1 yaourt aux fruits à 0 %
- 1/5 baguette
- 1 tranche de jambon blanc dégraissé découenné
- 2 portions de fromage fondu allégé
- Le jus de 1 orange

Déjeuner
- 100 g de magret de canard, cuit 15 minutes sans la peau, sans matière grasse
- Sauce à l'ananas : 2 CS de crème fraîche à 5 %, 50 g d'ananas en conserve sans sucre, sel, poivre
- Navets cuits à la vapeur et revenus dans 1 cc de beurre allégé
- 1/5 pain
- 1 morceau de 20 g de mimolette
- 1 pêche ou 1 poire

Collation
- Thé + 2 biscuits à la cuillère

Dîner
- 1/2 pamplemousse
- 2 fines tranches de saumon fumé
- 1 boîte de macédoine de légumes avec 2 cc de mayonnaise allégée
- 1/10 baguette
- 3 CS de fromage blanc nature à 0 % et 1 pot de compote non sucrée

entrées

soupe
carpaccio
feuilleté
velouté
cake
terrine

entrées

2 unités POINTS
par personne

Brochettes de Saint-Jacques au jambon

Préparation : 20 min ♦ Cuisson : 3 min

pour 4 personnes
- 16 noix de Saint-Jacques (240 g)
- 100 g de fines tranches de jambon cru dégraissé
- 1 cc d'huile
- 16 bouquets de mâche
- Poivre du moulin

1| Rincer les noix de Saint-Jacques, les éponger sur du papier absorbant, puis les poivrer.

2| Découper 16 lanières de jambon cru d'environ 2 centimètres de large sur 7 centimètres de long. Enrouler chaque noix dans 1 lanière de jambon, puis les enfiler au fur et à mesure sur 4 piques à brochettes.

3| Badigeonner une sauteuse antiadhésive d'huile, la faire chauffer sur feu moyen. Y faire cuire les brochettes 3 minutes, en les retournant à mi-cuisson.

4| Servir tout de suite sur de petites assiettes de service, décorer de quelques bouquets de mâche.

« Proposer en 16 amuse-bouches à l'apéritif. Dans ce cas, comptabiliser (0,5) par bouchée »

entrées

Crème d'endives au bacon

Préparation : 15 min ♦ Cuisson : 30 min

pour 4 personnes
- 4 endives
- 2 poireaux
- 100 g de pommes de terre
- 1 oignon
- 1 l de bouillon de volaille dégraissé
- 6 tranches de bacon (80 g)
- 2 CS de crème fraîche à 5 %
- Poivre

1 | Éplucher les légumes. Émincer les endives et l'oignon, couper les poireaux en tronçons et les pommes de terre en quartiers.
2 | Dans une cocotte munie d'une feuille de cuisson, faire revenir l'oignon. Ajouter les légumes et recouvrir de bouillon. Laisser cuire 30 minutes puis mixer.
3 | Sur une feuille de cuisson, faire revenir légèrement les tranches de bacon, les hacher et les ajouter au potage. Verser la crème, poivrer, mélanger et servir bien chaud.

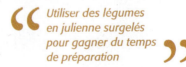

Utiliser des légumes en julienne surgelés pour gagner du temps de préparation

entrées

Couronne de jambon

Préparation : 20 min ♦ Cuisson : 35 min

pour 6 personnes
- 1 poivron vert, 2 tomates
- 3 cc d'huile d'olive, 1 gousse d'ail
- 140 g de jambon de Bayonne en tranches fines (2 mm d'épaisseur)
- 4 petits œufs, 1 boîte de 410 g de lait concentré 1/2 écrémé non sucré
- Sel, poivre

1 | Préchauffer le four à 200 °C (th. 6/7). Laver et épépiner le poivron, puis le couper en fines lanières. Couper les tomates en petits dés. Faire revenir ces légumes dans l'huile. Ajouter l'ail haché, saler et poivrer.
2 | Disposer les tranches de jambon dans le fond d'un moule en couronne antiadhésif (genre moule à savarin) en le laissant remonter légèrement sur les bords.
3 | Battre les œufs en omelette et ajouter le lait puis les légumes. Verser cette préparation dans le moule. Enfourner et laisser cuire 30 minutes.

Gratin de quenelles aux champignons

Préparation : 15 min ♦ Cuisson : 40 min

pour 4 personnes
- 200 ml de lait écrémé, 8 cc de Maïzena, 50 g de gruyère râpé allégé
- 250 g de champignons de Paris (en conserve, en lamelles)
- 4 quenelles fraîches de volaille (50 g chacune)
- Sel, poivre

entrées

1 | Préchauffer le four à 180 °C (th. 6). Préparer la béchamel : délayer la Maïzena dans un peu de lait. Porter le reste du lait à ébullition. Ajouter la préparation lait/Maïzena et mélanger. Laisser épaissir, saler et poivrer. Incorporer le gruyère râpé et les champignons de Paris égouttés.
2 | Disposer les quenelles dans un plat à gratin assez large. Verser la béchamel, enfourner et laisser cuire 40 minutes (les quenelles doivent être gonflées et dorées). Servir aussitôt.

Potage cévenol

2,5 unités POINTS par personne

Préparation : 15 min ♦ Cuisson : 25 min

pour 4 personnes
- 2 oignons doux
- 250 g de marrons au naturel en barquette
- 1 petite branche de céleri
- 1 cc de margarine à 60 %
- 80 cl de bouillon de volaille
- 20 cl de lait 1/2 écrémé
- 1 CS de cerfeuil surgelé
- Poivre du moulin

1 | Peler et hacher les oignons. Enlever les petites peaux restantes des marrons, en mettre 4 de côté, et émietter grossièrement les autres dans un bol. Effiler le céleri, le couper en petits dés.
2 | Faire chauffer la margarine dans une cocotte, y faire blondir les oignons 1 minute tout en remuant. Ajouter le céleri puis les marrons et mouiller avec le bouillon de volaille. Couvrir et laisser cuire 20 minutes.
3 | Mixer la préparation très finement, la remettre dans la cocotte, ajouter le lait et poursuivre la cuisson 4 minutes à feu doux et à découvert, tout en remuant.
4 | Répartir le potage dans des assiettes creuses, parsemer de cerfeuil, donner un tour de moulin à poivre et décorer des marrons réservés coupés en petits morceaux. Servir bien chaud.

entrées

Samosas de dinde à la coriandre

Préparation : 15 min ♦ Cuisson : 12 min

pour 4 personnes
- 400 g d'escalopes de dinde
- 1 bouquet garni
- 1 échalote
- 2 chipolatas maigres à 12 % (120 g)
- 2 CS de dés de tomate
- 1/2 cc de quatre-épices
- 2 CS de coriandre
- 8 petites feuilles de riz de 8 g
- 1 cc d'huile
- 8 feuilles de laitue
- 4 cc de sauce pour nem
- 16 feuilles de menthe fraîche
- Sel, poivre

1 | Mettre les blancs de dinde dans un plat en verre culinaire avec 4 cuillerées à soupe d'eau et le bouquet garni, saler, couvrir et faire cuire 6 minutes au four à micro-ondes (800 W). Laisser tiédir. Couper la viande grossièrement en morceaux.

2 | Peler l'échalote et la hacher finement avec les morceaux de dinde dans un robot. Ajouter la chair des chipolatas et la pulpe de tomate, poivrer, saupoudrer de quatre-épices, parsemer de coriandre ciselée et malaxer le tout. Diviser la préparation en 8 petites portions.

3 | Humidifier les feuilles de riz et les étaler sur le plan de travail. Déposer 1 portion de farce sur chaque feuille et refermer en triangle.

4 | Faire chauffer l'huile dans une poêle antiadhésive. Y faire dorer les samosas 5 à 6 minutes, en les retournant délicatement à mi-cuisson.

5 | Présenter chaque samosa sur 1 feuille de laitue, asperger de sauce pour nem, accompagner de 2 feuilles de menthe. Déguster tout de suite.

Remplacer la sauce pour nem par un filet de vinaigre balsamique

entrées

Carottes aux agrumes

Préparation : 15 min ♦ Réfrigération : 30 min

pour 4 personnes
- 400 g de carottes
- 1 pamplemousse
- 2 oranges
- 2 cc d'huile d'olive
- 1 pincée de cumin en poudre
- Sel, poivre

1 | Peler et râper les carottes au robot ménager. Les disposer dans un saladier.
2 | Évider le pamplemousse et réserver le jus. Peler les oranges, les couper en morceaux et garder également le jus.
3 | Disposer la chair des agrumes sur les carottes.
4 | Dans un bol, verser le jus des fruits, ajouter l'huile d'olive et le cumin, poivrer et saler. Mélanger et verser sur la salade.
5 | Mélanger et réserver au frais 30 minutes avant de servir.

entrées

par personne

Flan de chou-fleur au coulis de potimarron

Préparation : 10 min ♦ Cuisson : 45 min

pour 4 personnes
- 300 g de chou-fleur
- 20 cl de bouillon de légumes, 2 petits œufs entiers, 5 cl de crème à 5 %
- 1 cc de noix de muscade, 1 CS de Tabasco
- Sel, poivre

pour le coulis de potimarron
- 500 g de potimarron
- 10 cl de crème à 5 %

1 | Laver soigneusement le chou-fleur et le couper en petits bouquets. Le faire cuire 10 minutes dans le bouillon de légumes frémissant. Saler, poivrer.
2 | Passer le chou-fleur au mixeur. Ajouter les œufs et la crème, la noix de muscade, le Tabasco et bien remuer.
3 | Verser cette crème dans un moule à cake, enfourner et laisser cuire à 180 °C (th. 6) pendant 20 minutes.
4 | Pendant ce temps, faire cuire le potimarron à l'autocuiseur 15 minutes, le mixer et y ajouter la crème.
5 | Démouler le flan et le servir nappé de sauce au potimarron.

par personne

Cocktail vitaminé

Préparation : 5 min

pour 4 personnes
- 100 g de concombre, 100 g de melon, 100 g de pêche, 100 g de mangue
- 2 cl de jus de citron vert, 2 cc de sucre de canne
- Glaçons, feuilles de menthe
- Sel au céleri, poivre

1 | Peler le concombre. Éplucher les fruits et les couper en morceaux.
2 | Mixer le concombre avec le jus de citron. Répartir la préparation dans 4 verres, ajouter le melon mixé.
3 | Mixer la pêche, la mangue, du sel au céleri, du poivre et le sucre de canne. Ajouter 4 glaçons par verre. Décorer de feuilles de menthe.

entrées

Minibrochettes de la mer

Préparation : 10 min ♦ Macération : 30 min

pour 4 personnes
- 4 bâtonnets de surimi
- 16 tomates cerises
- 16 moules au vinaigre en bocal (50 g)
- 1 bouquet de persil plat

pour la sauce
- 2 CS de ciboulette surgelée
- 1 cc de jus de citron
- 1 yaourt nature à 0 %
- Sel, poivre

1 | Préparer la sauce : mélanger la ciboulette et le jus de citron dans le yaourt, saler et poivrer. Filmer et laisser macérer au frais 30 minutes.
2 | Couper les bâtonnets de surimi en 4 petits morceaux. Rincer et sécher les tomates cerises. Égoutter les moules. Rincer et éponger le persil, prélever 32 feuilles.
3 | Sur 16 piques en bois, enfiler 1 morceau de surimi, 1 feuille de persil, 1 moule, 1 feuille de persil et 1 tomate cerise.
4 | Répartir la sauce à la ciboulette dans 4 minisauciers en porcelaine. Disposer 4 minibrochettes sur chaque assiette de service et les accompagner chacune d'un minisaucier.

Concombre à la menthe

Préparation : 10 min ♦ Réfrigération : 2 h

pour 4 personnes
- 1 beau concombre
- Le jus de 1 citron, 1 gousse d'ail
- 400 g de fromage blanc à 0 %
- 1 branche de menthe fraîche
- 1 branche de fenouil frais

1 | Éplucher partiellement le concombre et le détailler en cubes.
2 | Dans un saladier, mélanger le jus de citron et l'ail haché. Ajouter le fromage blanc, puis la menthe et le fenouil hachés. Bien mélanger avant d'ajouter les morceaux de concombre.
3 | Couvrir et réserver 2 heures minimum au frais.

entrées

Tartelettes aux pommes et au camembert

Préparation : 15 min ♦ Cuisson : 14 min

pour 4 personnes
- 3 pommes golden
- 1 cc de margarine à 60 %
- 4 grandes feuilles de brick rondes
- 1 cc d'huile
- 1/2 camembert allégé (120 g)
- Poivre du moulin

1 | Préchauffer le four à 180 °C (th. 6). Peler et épépiner les pommes, les couper en cubes et les faire revenir dans une poêle antiadhésive avec la margarine, pendant 3 à 4 minutes. Donner un tour de moulin à poivre.

2 | Plier les feuilles de brick en deux. Garnir 4 petits moules à tartelette individuels avec chaque demi-cercle en double épaisseur, égaliser les bords avec des ciseaux, huiler à l'aide d'un pinceau.

3 | Répartir les pommes dans les moules. Recouvrir de lamelles de camembert. Enfourner et laisser cuire 10 minutes.

4 | Laisser tiédir, puis démouler.

entrées

par personne

Flans d'asperges au beurre blanc de tomates

Préparation : 30 min ♦ Cuisson : 1 h 20

pour 6 personnes
- 1 botte d'asperges
- 50 cl de crème fraîche à 4 %
- 3 petits œufs
- 2 à 3 tomates fermes, bien rouges
- 2 échalotes
- 100 g de beurre à 41 %
- Le jus de 1/2 citron
- 1 grand verre de vin blanc sec fruité
- 1 bouquet d'estragon
- Sel, poivre

1 | Préchauffer le four à 170 °C (th. 5/6). Éplucher les asperges, puis les faire cuire 12 minutes dans de l'eau bouillante salée.
2 | Réserver les pointes au chaud, mixer le reste et égoutter soigneusement la purée ainsi obtenue. Ajouter la crème, les œufs, saler et poivrer. Mélanger et remplir, à mi-hauteur, 6 ramequins antiadhésifs (ou en silicone) de cette préparation. Enfourner et faire cuire au four 1 heure au bain-marie.
3 | Pendant ce temps, peler et épépiner les tomates, puis les couper en petits dés et réserver.
4 | Peler et hacher les échalotes, les faire revenir avec le vin blanc dans une poêle jusqu'à sec et, hors du feu, incorporer le beurre petit à petit sans cesser de fouetter. Ajouter le jus de citron, saler, poivrer et mélanger au dernier moment avec les dés de tomates.
5 | Démouler les flans sur les assiettes, napper de sauce, y disposer les pointes d'asperges et décorer avec quelques feuilles d'estragon.

entrées

Soupe blanche

Préparation : 30 min ♦ Cuisson : 35 min

pour 4 personnes
- 400 g de pommes de terre
- 1 blanc de poireau
- 20 cl de lait écrémé
- 1 jaune d'œuf
- 4 CS de crème fraîche à 5 %
- 1 CS de cerfeuil surgelé
- Sel, poivre

1 | Peler les pommes de terre et nettoyer le blanc de poireau. Les laver et les détailler en gros dés.
2 | Les mettre dans une casserole avec le lait. Ajouter de l'eau jusqu'au niveau des légumes, saler, poivrer et laisser cuire 20 minutes à découvert.
3 | Lorsque les légumes sont cuits, les mixer.
4 | Hors du feu, ajouter le cerfeuil et le jaune d'œuf mélangé à la crème. Servir chaud.

Flan aux épinards

Préparation : 15 min ♦ Cuisson : 35 min

pour 6 personnes
- 1 kg d'épinards
- 12,5 cl de lait écrémé
- 2 petits œufs
- 90 g de fromage râpé allégé
- Noix de muscade râpée
- Sel, poivre

1 | Nettoyer soigneusement les épinards, les presser et les hacher grossièrement. Les faire blanchir 10 minutes dans de l'eau bouillante salée. Les égoutter et les laisser refroidir.

entrées

2 | Mélanger le lait avec les œufs et le fromage râpé. Saler, poivrer et parfumer de muscade. Ajouter les épinards et bien remuer.

3 | Verser la préparation dans un plat muni d'une feuille de cuisson. Enfourner à 200 °C (th. 6/7) et laisser cuire 35 minutes.

> *Pour avoir un plat complet, doubler les portions*

Feuilletés à la grecque

Préparation : 20 min ♦ Cuisson : 20 min

pour 6 personnes
- 300 g d'épinards hachés surgelés
- 2 oignons
- 6 cc d'huile d'olive
- 2 petits œufs
- 150 g de feta allégée
- 12 feuilles de brick
- Sel, poivre

1 | Faire décongeler les épinards au four à micro-ondes comme indiqué sur la boîte.

2 | Préchauffer le four à 180 °C (th. 6). Peler et hacher les oignons et les faire dorer dans une poêle antiadhésive avec 1 cuillerée à café d'huile.

3 | Battre les œufs en omelette, émietter la feta et mélanger le tout. Saler et poivrer. Mélanger avec les épinards.

4 | Au bord de 1 feuille de brick, déposer un peu de farce et rouler en rentrant les bords au fur et à mesure. Préparer 11 autres feuilletés de la même manière.

5 | Badigeonner chaque feuilleté avec un peu d'huile d'olive. Les placer sur une plaque antiadhésive et la glisser au four. Laisser dorer environ 15 minutes. Servir bien chaud.

entrées

par personne

Velouté aux échalotes

Préparation : 10 min ♦ Cuisson : 18 min

pour 4 personnes
- 16 échalotes
- 500 g de champignons de Paris
- 1 cc de margarine à 60 %
- 1 l de bouillon de volaille
- 4 CS de crème liquide à 4 %
- 2 tranches de pain de campagne (50 g)
- Sel, poivre

1 | Peler et émincer finement les échalotes. Essuyer les champignons, couper les pieds et détailler les têtes en lamelles.
2 | Faire chauffer la margarine dans une cocotte, y faire suer les échalotes 2 minutes, ajouter les champignons et poursuivre la cuisson, à feu doux, pendant 10 minutes. Saler (légèrement) et poivrer.
3 | Verser le bouillon de volaille dans la cocotte, porter à ébullition, ajouter la crème et laisser cuire 8 minutes, à feu doux. Mixer pour obtenir une crème onctueuse.
4 | Toaster les tranches de pain, les couper en petits morceaux. Verser le velouté dans des assiettes creuses, ajouter quelques croûtons de pain.

entrées

par personne

Ktipiti

Préparation : 20 min ♦ Cuisson : 20 min ♦ Réfrigération : 1 h

pour 6 personnes
- 500 g de yaourt à la grecque au lait de brebis
- 2 poivrons rouges
- 2 poivrons verts
- 30 g de pignons
- 2 gousses d'ail
- 30 g de feta allégée
- 2 CS d'huile d'olive
- 1 cc de paprika
- Sel, poivre

1 | Égoutter le yaourt dans une passoire fine.
2 | Préchauffer le gril du four. Recouvrir une plaque d'une feuille de papier d'aluminium.
3 | Laver et essuyer les poivrons. Ôter la queue, les couper en deux dans le sens de la longueur, enlever les côtes blanches et les égrener. Les disposer sur la plaque, peau vers le haut. Les mettre sous le gril à environ 10 centimètres de la source de chaleur et les faire griller 15 minutes.
4 | Mettre les poivrons dans un sac en plastique bien fermé et les laisser refroidir 15 minutes. Les peler, les essuyer et les couper en petits dés.
5 | Faire griller les pignons dans une poêle à sec : ils doivent être légèrement colorés. Éplucher et émincer l'ail.
6 | Écraser la feta à la fourchette dans un saladier, incorporer le yaourt égoutté, les pignons, les dés de poivron, l'ail, l'huile, le paprika. Saler, poivrer et mélanger.
7 | Mettre 1 heure au réfrigérateur. Servir dans des coupelles creuses.

Accompagner de pain pita coupé en triangles (à comptabiliser)

entrées

1,5 unités POINTS
par personne

Soupe au concombre

Préparation : 10 min ♦ Repos : 30 min ♦ Réfrigération : 1 h

pour 4 personnes
- 2 concombres
- 3 yaourts nature
- 1/2 citron
- 1 CS d'huile d'olive

1 | Peler et épépiner les concombres, les couper en rondelles et les laisser dégorger 30 minutes.
2 | Couper 4 rondelles en petits dés et les réserver pour la présentation. Mixer le reste en ajoutant peu à peu les yaourts, l'huile d'olive, puis le jus de citron. Le mélange doit être fluide. Placer au frais durant 1 heure.
3 | Répartir la soupe dans 4 assiettes et servir bien frais. Décorer de feuilles de menthe et de quelques glaçons.

2,5 unités POINTS
par personne

Terrine de l'océan

Préparation : 5 min ♦ Cuisson : 1 h ♦ Réfrigération : 2 h

pour 8 personnes
- 6 biscottes
- 3 boîtes de thon au naturel de 100 g
- 3 petits œufs
- 20 cl de crème à 5 %
- Sel, poivre

1 | Dans le bol d'un mixeur, broyer les biscottes.
2 | Égoutter le thon, puis l'ajouter dans le bol du mixeur avec les œufs et la crème. Saler, poivrer et mixer le tout.
3 | Verser la préparation dans un moule à cake antiadhésif et faire cuire 1 heure au bain-marie. Placer 2 heures au réfrigérateur avant de servir.

Décorer de tomates cerises et accompagner d'une salade et de mayonnaise ou de vinaigrette (à comptabiliser)

entrées

Julienne de légumes en potage

Préparation : 10 min ♦ Cuisson : 18 min

pour 4 personnes
- 1 échalote
- 4 feuilles de laitue
- 1 cc de margarine
- 400 g de julienne de légumes surgelée
- 1 cube de bouillon de volaille
- 4 CS de crème liquide à 4 %
- 1 CS de cerfeuil surgelé
- Sel, poivre du moulin

1 | Peler et hacher l'échalote. Ciseler les feuilles de laitue avec des ciseaux.
2 | Faire chauffer la margarine dans un autocuiseur, y faire revenir l'échalote 1 minute. Ajouter la laitue, la faire fondre, puis verser les légumes surgelés. Faire cuire 5 minutes, à feu doux, tout en remuant.
3 | Émietter le cube de bouillon de volaille dans l'autocuiseur, ajouter 80 centilitres d'eau, mélanger et porter à ébullition. Fermer hermétiquement et laisser cuire 10 minutes à partir de la mise en rotation de la soupape.
4 | Répartir le potage dans 4 assiettes creuses. Rectifier l'assaisonnement en sel, poivrer, ajouter 1 cuillerée à soupe de crème dans chaque assiette et parsemer de cerfeuil.

entrées

par personne

Verrines de saumon

Préparation : 20 min ♦ Congélation : 15 min ♦ Marinade : 15 min

pour 4 personnes
- 180 g de filet de saumon frais
- 1 citron vert non traité
- 1 CS de câpres
- 1 CS de coriandre
- 1 cc d'huile d'olive
- 1 tranche de saumon fumé (60 g)
- 70 g de surimi en miettes
- 50 ml de lait de coco
- 1/2 yaourt nature à 0 %
- 1 carotte
- Fleur de sel, poivre du moulin

1 | Congeler le filet de saumon 15 minutes pour le faire durcir un peu et faciliter la découpe. Prélever le zeste du citron vert, le hacher et en réserver 1 cuillerée à café. Récupérer le jus du citron. Hacher les câpres et ciseler la coriandre.

2 | Émincer le filet de saumon en petits dés avec un couteau à lame fine. Enlever les arêtes. Mettre les dés de saumon dans un bol avec le zeste de citron râpé, les câpres et la coriandre, asperger d'huile et de 2 cuillerées à soupe de jus de citron. Saler (légèrement), poivrer et mélanger. Filmer et laisser mariner 15 minutes.

3 | Dans un mixeur, placer le saumon fumé, 50 grammes de surimi, le lait de coco, le yaourt et 2 cuillerées à café de jus de citron. Mixer le tout. Poivrer. Peler la carotte et y découper 4 fins bâtonnets qui feront office de petites cuillères.

4 | Répartir la sauce au surimi dans 4 petites verrines. Ajouter le saumon mariné. Parsemer des miettes de surimi restantes. Planter 1 petit bâtonnet de carotte dans chaque verrine et servir.

Remplacer les bâtonnets de carotte par des bâtonnets de citronnelle

entrées

Tomates sur toasts

Préparation : 15 min ♦ Repos : 20 min

pour 4 personnes
- 240 g de mozzarella allégée
- 4 tomates bien mûres
- 1 bouquet de basilic
- 2 CS de parmesan râpé
- 2 cc de vinaigre balsamique
- 1 CS 1/2 d'huile d'olive
- 1 cc de sucre brun
- 4 tranches de pain de mie
- 100 g de roquette
- Sel, poivre du moulin

1 | Égoutter la mozzarella et la couper en tranches fines.
2 | Laver et essuyer les tomates. Les couper en tranches verticales, sans aller jusqu'à la base. Intercaler dans les fentes la mozzarella et des feuilles de basilic. Saupoudrer les tomates de parmesan.
3 | Mélanger le vinaigre balsamique avec 1 cuillerée à soupe d'huile d'olive, le sucre, du sel et du poivre. Verser cette sauce sur les tomates et laisser reposer 20 minutes.
4 | Griller les tranches de pain de mie, enduire une face de chaque tranche avec l'huile d'olive restante et la frotter avec quelques feuilles de basilic pendant que les toasts sont encore chauds. Disposer les tomates sur les toasts et servir sur un lit de roquette.

entrées

Tomates farcies

Préparation : 10 min ♦ Conserver au frais

pour 4 personnes
- 4 tomates bien fermes
- 200 g de fromage frais à 0 % type demi-sel
- 16 olives noires dénoyautées
- Sel, poivre

1 | Laver et sécher les tomates, puis couper un chapeau aux 2/3 de la hauteur, en le laissant attaché à une extrémité. Les évider, puis découper une bouche souriante avec un couteau.
2 | Émincer finement la moitié des olives, puis les mélanger avec le fromage frais dans un saladier. Saler, poivrer et remplir les tomates avec cette farce.
3 | Poser 2 olives entières par tomate, sur la farce, pour figurer des personnages et rabattre les chapeaux dessus.

> *Veiller bien à ne pas détacher complètement le chapeau, pour que les olives tiennent mieux*

Feuilletés au fromage

Préparation : 15 min ♦ Cuisson : 10 min

pour 24 feuilletés
- 120 g de feta allégée
- 120 g de ricotta
- 1 petit œuf
- 1 pincée de noix de muscade
- 6 feuilles de brick
- 1 cc d'huile, poivre

1 | Préchauffer le four à 170 °C (th. 5/6). Dans un récipient, mélanger la feta, la ricotta, l'œuf, la muscade et du poivre.
2 | Découper chaque feuille de brick en 4 triangles.

entrées

3 | Répartir le mélange œuf/fromage sur les triangles et former des petits chaussons. À l'aide d'un spray, vaporiser un peu d'huile sur toutes les faces des feuilletés.

4 | Disposer les feuilletés sur la plaque du four recouverte d'une feuille de cuisson. Enfourner sans couvrir, et laisser dorer 10 minutes.

2 unités POINTS par personne

Gaspacho

Préparation : 15 min ♦ Repos : 15 min

pour 2 personnes
- 1 poivron rouge
- 3 tomates bien mûres
- 1 gousse d'ail
- 2 oignons nouveaux
- 1/2 concombre
- 50 g de mie de pain complet
- 1 cc d'huile
- 2 fromages frais à 0 % type demi-sel de 18 g
- Basilic
- Sel, poivre

1 | Faire dorer le poivron sous le gril du four sur toutes les faces. Le mettre dans un saladier et couvrir de papier d'aluminium. Laisser reposer 15 minutes.

2 | Peler et épépiner les tomates, couper la chair en cubes. Peler l'ail, peler et émincer les oignons.

3 | Fendre le poivron en 2, retirer les pépins, puis le peler. Éplucher le concombre, retirer les graines et le couper en dés. Réserver quelques dés pour la décoration.

4 | Mettre la mie de pain à tremper dans 4 centilitres d'eau.

5 | Mixer le poivron avec les oignons, les tomates, l'ail, le concombre, la mie de pain essorée, l'huile, le sel et le poivre.

6 | Servir le gaspacho très frais. Ajouter dans chaque assiette des dés de concombre, 1 fromage frais et quelques feuilles de basilic.

entrées

Cake au crabe

Préparation : 20 min ♦ Cuisson : 45 min

pour 6 personnes
- 1 boîte de chair de crabe au naturel (240 g)
- 1 bouquet d'estragon
- 3 œufs moyens
- 7 CS de farine pour gâteaux (avec levure incorporée)
- 7 cc d'huile
- 5 CS de lait 1/2 écrémé concentré non sucré
- 90 g de gruyère râpé allégé
- 2 pincées de sel
- 2 pincées de poivre

1 | Préchauffer le four à 210 °C (th. 7). Égoutter le contenu de la boîte de crabe. Effilocher la chair en éliminant les cartilages. Ciseler les feuilles d'estragon.
2 | Casser les œufs dans une jatte. Ajouter la farine, le sel et le poivre.
3 | Mélanger jusqu'à ce que la pâte obtenue soit parfaitement lisse. Incorporer l'huile, le lait puis le gruyère, la chair de crabe et l'estragon.
4 | Verser la pâte dans un moule à cake non graissé. Enfourner. Laisser cuire 45 minutes. Au bout de 10 minutes, baisser le four à 180 °C (th. 6).
5 | Au terme de la cuisson, laisser reposer 10 minutes, puis démouler et laisser refroidir sur une grille. Servir le cake coupé en 12 tranches.

entrées

Tatin de potiron

Préparation : 25 min ♦ Cuisson : 50 min

pour 6 personnes
- 700 g de potiron
- 3 CS de crème fraîche à 15 %
- 3 petits œufs
- 2 CS de farine
- 2 CS de vinaigre balsamique
- 120 g de filet de bacon
- 240 g de pâte brisée allégée à 20 %
- Sel, poivre

1 | Préchauffer le four à 210 °C (th. 7).
2 | Couper le potiron en morceaux. Le faire cuire à la vapeur dans un autocuiseur pendant 5 minutes à partir de la rotation de la soupape.
3 | Mixer le potiron après avoir ajouté la crème, les œufs et la farine. Saler et poivrer.
4 | Verser le vinaigre balsamique dans un moule à tarte et répartir le bacon dans le fond du moule.
5 | Verser la préparation précédente dans le moule. Recouvrir de pâte brisée, souder la pâte au bord du moule en la pinçant.
6 | Enfourner et laisser cuire 45 minutes. Déguster tiède.

entrées

Soupe fraîcheur

Préparation : 20 min ♦ Réfrigération : 30 min

pour 4 personnes
- 1 kg de tomates
- 1 CS d'oignon surgelé
- 1 cc d'ail surgelé
- 1 CS de basilic surgelé
- 1 avocat
- Sel, poivre

1 | Peler les tomates, les couper en morceaux, les mixer avec l'oignon, l'ail et le basilic. Saler et poivrer. Réserver au frais 30 minutes.
2 | Prélever 16 petites boules d'avocat à l'aide d'une cuillère parisienne.
3 | Répartir la soupe dans 4 petites coupes à glace, garnir chaque coupe de 4 boules d'avocat. Servir très frais.

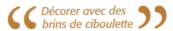

Décorer avec des brins de ciboulette

Saumon en paillettes

Préparation : 10 min ♦ Réfrigération : 30 min

pour 4 personnes
- 8 tranches de saumon fumé (240 g)
- 8 CS d'œufs de lump
- 4 petits œufs durs
- Persil

1 | Rouler les tranches de saumon en cornets. Mettre 1 cuillerée à soupe d'œufs de lump à l'intérieur de chaque cornet et les disposer sur un plat rond.
2 | Hacher séparément les blancs et les jaunes d'œufs durs.
3 | Répartir les hachis d'œufs au centre des cornets sans mélanger les couleurs.
4 | Disposer quelques brins de persil et mettre au frais 30 minutes.

entrées

par personne

Tarte forestière

Préparation : 30 min ♦ Cuisson : 45 min

pour 6 personnes
- 4 œufs moyens
- 1/2 l de lait écrémé
- 150 g de semoule
- 60 g de gruyère râpé allégé
- 1 pincée de muscade
- 2 CS de chapelure
- 400 g de champignons de Paris
- 100 g de jambon blanc dégraissé
- 2 gousses d'ail
- Persil
- Sel, poivre

1 | Préchauffer le four à 180 °C (th. 6). Casser 2 œufs, séparer les blancs des jaunes et les réserver.
2 | Faire bouillir le lait et y ajouter la semoule et du sel. Faire cuire 10 minutes à feu moyen en tournant constamment.
3 | Retirer du feu et ajouter la moitié du gruyère râpé, la muscade et les 2 jaunes d'œufs. Mélanger bien.
4 | Saupoudrer un moule en silicone (28 centimètres de diamètre) de 1 cuillerée à soupe de chapelure, verser dessus la semoule et étaler à l'aide d'une cuillère à soupe trempée dans de l'eau froide. Saupoudrer à nouveau de 1 cuillerée à soupe de chapelure, enfourner et faire cuire 30 minutes.
5 | Éplucher les champignons et les couper en tranches. Découper le jambon en lanières. Hacher l'ail et le persil.
6 | Casser les 2 œufs restants et ajouter les 2 blancs réservés, bien fouetter avec le reste de gruyère, saler et poivrer.
7 | Dans une poêle recouverte d'une feuille de cuisson, faire revenir l'ail haché. Ajouter les champignons et faire cuire 5 minutes en tournant.
8 | Étaler les lanières de jambon et les champignons sur le fond de tarte. Verser dessus les œufs et saupoudrer de persil, faire cuire 15 minutes au four, servir dans le moule à tarte.

entrées

Carpaccio de poire et d'avocat

Préparation : 15 min ♦ Cuisson : 2 min

pour 4 personnes
- 30 g d'amandes effilées
- 2 avocats mûrs à point
- Le jus de 2 citrons verts
- 2 poires mûres mais fermes
- Fleur de sel, mélange de poivres et baies

1 | Faire dorer les amandes effilées à sec 1 à 2 minutes à feu doux dans une poêle antiadhésive en les retournant sans cesse. Réserver.
2 | Couper les avocats en deux. Retirer le noyau et l'écorce. Émincer chaque moitié en fines lamelles. Arroser aussitôt avec la moitié du jus de citron.
3 | Couper les poires en deux. Éliminer le cœur. Peler et émincer chaque moitié en fines lamelles. Arroser du jus de citron restant.
4 | Disposer les lamelles d'avocats et de poires sur 4 petites assiettes en les alternant. Assaisonner de fleur de sel et du mélange de poivres et baies grossièrement moulu. Servir rapidement parsemé des amandes effilées refroidies.

entrées

Sardines en escabèche

Préparation : 15 min ♦ Cuisson : 20 min

pour 4 personnes
- 8 sardines fraîches
- 8 gousses d'ail
- 1 citron non traité
- 4 tomates en grappes
- 4 cc d'huile d'olive fruitée
- 1 verre de vin blanc sec
- 1 CS de vinaigre de vin
- 1 branche de persil plat
- 1 CS de graines de fenouil
- 2 feuilles de laurier
- Sel, poivre noir du moulin

1 | Vider et rincer les sardines puis les éponger. Peler et émincer l'ail, couper le citron en quartiers. Laver et concasser les tomates.
2 | Dans une sauteuse recouverte d'une feuille de cuisson, faire chauffer la moitié de l'huile, le vin et le vinaigre. Ajouter le persil, les graines de fenouil, le laurier, saler et poivrer.
3 | Mélanger, puis ajouter les tomates, l'ail et le citron. Laisser mijoter pendant 20 minutes à feu doux.
4 | Faire griller les sardines dans une poêle avec le reste d'huile pendant 2 minutes sur chaque face.
5 | Placer les sardines dans un plat de service et les recouvrir de la préparation aux tomates. Déguster bien frais.

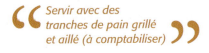

Servir avec des tranches de pain grillé et aillé (à comptabiliser)

entrées

Terrine de poivron au chèvre

par personne

Préparation : 30 min ♦ Cuisson : 20 min ♦
Réfrigération : 4 h

pour 6 personnes
- 2 poivrons rouges
- 2 poivrons verts
- 2 poivrons jaunes
- 9 feuilles de gélatine
- Ciboulette
- 600 g de fromage de chèvre frais
- Tabasco
- 2 CS d'huile d'olive
- Sel, poivre

1 | Faire cuire les poivrons entiers, au four, pendant 20 min. Lorsque la peau commence à noircir, laisser reposer four éteint avant de les peler et de retirer les graines.
2 | Faire ramollir 6 feuilles de gélatine dans un peu d'eau froide, puis les faire fondre au four à micro-ondes.
3 | Ciseler la ciboulette en réservant quelques brins entiers pour la décoration.
4 | Écraser le fromage de chèvre avec du sel, du poivre, quelques gouttes de Tabasco, la ciboulette ciselée, les feuilles de gélatine fondues et l'huile d'olive.
5 | Couvrir une terrine de film alimentaire et alterner 1 couche de poivron et 1 couche de préparation au chèvre jusqu'à ce que la terrine soit remplie (finir par 1 couche de poivron).
6 | Faire fondre de la même manière les feuilles de gélatine restantes et les verser sur la terrine.
7 | Décorer avec les brins de ciboulette réservés et mettre au réfrigérateur pendant 4 heures.

entrées

par personne

Tartelettes aux noix de Saint-Jacques, sauce au whisky

Préparation : 30 min ♦ Cuisson : 15 min ♦ Réfrigération : 1 h

pour 8 personnes
- 130 g de farine
- 50 g de beurre à 41 %
- 1 petit œuf
- 1 verre de vin blanc
- 40 cl de fumet de poisson
- 16 noix de Saint-Jacques
- 1 échalote
- 4 CS de crème épaisse à 15 %
- 2 CS de Maïzena
- 5 cl de whisky
- 2 cc de jus de citron vert
- 8 cc de gruyère râpé allégé
- Persil

1 | Préparer la pâte en mélangeant la farine, 30 grammes de beurre coupé en morceaux, l'œuf, puis ajouter un peu d'eau si nécessaire. Former une boule, puis réserver 1 heure au réfrigérateur. Préchauffer le four à 210 °C (th. 7).

2 | Abaisser la pâte et tapisser 8 moules à tartelette antiadhésifs. Piquer la pâte à l'aide d'une fourchette, enfourner et laissez cuire 15 minutes.

3 | Dans une casserole, porter à ébullition le vin blanc et le fumet de poisson. Ajouter les noix de Saint-Jacques encore congelées et porter de nouveau à ébullition.

4 | Égoutter les noix de Saint-Jacques. Faire réduire le jus de moitié. Peler et hacher l'échalote et la faire suer dans le beurre restant. Y ajouter le jus réduit et la crème. Verser la Maïzena délayée dans 2 cuillerées de jus réduit en remuant, puis ajouter le whisky et le jus de citron vert. Rectifier l'assaisonnement, puis redonner un bouillon.

5 | Déposer 2 noix de Saint-Jacques dans chacune des tartelettes, verser la sauce par-dessus, parsemer de gruyère râpé et de persil. Mettre sous le gril du four 3 minutes. Servir tout de suite.

La veille, préparer les fonds, les cuire, puis faire la sauce. Le jour du repas, les garnir et les faire gratiner au four

entrées

par personne

Œufs cocotte au tarama

Préparation : 10 min ♦ Cuisson : 6 min

pour 4 personnes
- 4 CS de crème à 15 %
- 1 CS de tarama
- 1 cc de beurre
- 4 œufs moyens extra-frais
- Sel, poivre du moulin

1 | Préchauffer le four à 240 °C (th. 8). Mélanger la crème avec le tarama.

2 | Beurrer 4 ramequins. Ajouter 1 petite pincée de sel et 1 tour de moulin à poivre dans le fond. Répartir la moitié de la crème au tarama dans les ramequins.

3 | Casser les œufs dans des tasses séparées. Verser délicatement un œuf dans chaque ramequin. Napper le blanc de chaque œuf du reste de crème au tarama (en évitant d'en mettre sur le jaune).

4 | Déposer les ramequins dans un plat allant au four. Remplir celui-ci d'eau bouillante à mi-hauteur des ramequins. Faire cuire 6 minutes au bain-marie dans le four.

5 | Sortir les ramequins du bain-marie. Les essuyer et les servir aussitôt. Déguster à la petite cuillère.

entrées

Mousse de courgettes aux pignons

Préparation : 10 min ♦ Cuisson : 20 min

pour 4 personnes
- 3 petites courgettes
- 2 CS de crème fraîche à 4 %
- 1 cc d'ail semoule
- 1 CS de persil surgelé
- 5 CS de parmesan râpé
- 20 g de pignons
- Sel, poivre

1 | Couper les courgettes en dés. Les faire cuire à l'autocuiseur pendant 10 minutes, puis les mixer en purée.
2 | Ajouter la crème, l'ail, le persil et le parmesan. Saler et poivrer.
3 | Faire griller les pignons au four sur une feuille de cuisson.
4 | Répartir la mousse de courgettes dans des verres. Parsemer de pignons. Réserver au frais avant de déguster.

gratin

brochette

croustillant

plats

rôti

papillote

blanquette

plats

par personne

Blanquette de la mer

Préparation : 15 min ♦ Cuisson : 25 min

pour 4 personnes
- 1 kg de moules
- 1 CS d'échalote surgelée
- 6 cl de vin blanc sec
- 400 g de lotte
- 50 cl de court-bouillon de poisson
- 1 petit chou-fleur
- 8 CS de crème liquide à 4 %
- 1 CS de fécule de pomme de terre
- 240 g de crevettes
- 1 CS de persil surgelé
- Sel, poivre du moulin

1 | Gratter et rincer les moules. Dans une cocotte, faire suer l'échalote avec le vin blanc. Ajouter les moules et les faire ouvrir à feu vif (5 minutes). Les décoquiller. Filtrer le jus de cuisson.

2 | Couper la lotte en 4 portions. Porter le court-bouillon à ébullition, mettre la lotte et laisser pocher 5 minutes à feu doux. Égoutter, réserver la lotte et 30 centilitres de court-bouillon.

3 | Détacher les bouquets du chou-fleur, les rincer et les mettre dans le panier d'un autocuiseur avec 1 verre d'eau et 1 pincée de sel. Fermer et laisser cuire 10 minutes à partir de la mise en rotation de la soupape.

4 | Réunir le jus de cuisson des moules, le court-bouillon réservé et la crème dans une cocotte. Les faire chauffer. Délayer la fécule dans un peu d'eau froide, la verser dans la cocotte et laisser cuire sur feu doux, tout en remuant, jusqu'à épaississement.

5 | Décortiquer les crevettes. Les ajouter dans la cocotte avec les moules, les morceaux de lotte et les bouquets de chou-fleur. Mélanger délicatement. Faire réchauffer le tout 2 minutes. Parsemer de persil, remuer, rectifier l'assaisonnement en sel et en poivre et servir sans attendre.

plats

5,5 unités POINTS.
par personne

Brochettes tikka

Préparation : 20 min ♦ Cuisson : 21 min ♦ Réfrigération : 3 h

pour 4 personnes
- 400 g d'espadon
- 1 échalote
- 2 gousses d'ail
- 1 cc de gingembre râpé
- 1 cc de cumin en poudre
- 1 cc de garam masala
- 2 gousses de cardamome
- 1 cc de curcuma en poudre
- 1 cc de piment en poudre
- 1 cc de coriandre en grains
- 1 yaourt nature à 0 %
- 180 g de riz sauvage
- 1 cc d'huile
- 1 citron
- Sel, poivre

pour la sauce
- 1/2 concombre
- 1 CS de menthe fraîche
- 1 yaourt nature à 0 %
- Sel, poivre

1 | Couper l'espadon en cubes de 2 centimètres, les piquer avec une fourchette, les saler et les poivrer, puis les déposer dans un plat creux.
2 | Peler et couper en morceaux l'échalote et l'ail. Les mixer avec le gingembre, le cumin, le garam masala, la cardamome, le curcuma, le piment, la coriandre et le yaourt. Verser cette marinade sur le poisson, mélanger et réserver 3 heures au réfrigérateur.
3 | Préchauffer le four, position gril. Faire cuire le riz 15 minutes dans une grande quantité d'eau bouillante salée.
4 | Égoutter les cubes de poisson et les enfiler sur des brochettes. Huiler la plaque du four, y déposer les brochettes et les faire griller 6 minutes sous le gril en les retournant à mi-cuisson.
5 | Préparer la sauce : peler et râper le concombre, hacher la menthe et les mélanger avec le yaourt. Saler et poivrer.
6 | Servir les brochettes avec une portion de riz et un peu de sauce au yaourt. Décorer d'un quartier de citron.

plats

Saumonette à la choucroute

Préparation : 15 min ♦ Cuisson : 25 min

pour 4 personnes
- 1 échalote
- 1 cc de margarine à 60 %
- 600 g de choucroute nature précuite
- 15 cl de vin blanc sec
- 1 cc de grains de genièvre
- Pommes de terre à satiété
- 50 cl de court-bouillon
- 4 tronçons de saumonette (600 g)
- 90 g de dés de saumon fumé (« lardons de saumon »)
- 1 citron
- Poivre du moulin

1 | Peler et hacher l'échalote, la faire revenir avec la margarine dans un autocuiseur.
2 | Ajouter la choucroute, verser le vin blanc, parsemer de grains de genièvre et faire cuire 5 minutes tout en remuant.
3 | Peler et rincer les pommes de terre. Les ajouter sur la choucroute. Fermer hermétiquement l'autocuiseur et faire cuire le tout 10 minutes.
4 | Pendant ce temps, porter le court-bouillon à ébullition. Y faire pocher les morceaux de saumonette 10 minutes, à feu doux. Laisser tiédir et égoutter.
5 | Disposer la choucroute et les pommes de terre dans un plat. Poivrer. Parsemer de dés de saumon fumé et ajouter les morceaux de saumonette. Accompagner de quartiers de citron.

plats

Couscous de légumes aux épices douces

Préparation : 15 min ♦ Cuisson : 30 min

pour 4 personnes
- 200 g de semoule à couscous moyenne
- 1 CS de raisins blonds secs
- 1 cc d'huile d'olive
- 75 cl de bouillon de légumes
- 1/2 cc de cumin
- 1/2 cc de ras-el-hanout
- 50 g de petits oignons surgelés
- 250 g de jeunes carottes surgelées
- 200 g de courgettes
- 100 g de pois chiches cuits (en boîte)
- 1 CS de coriandre surgelée
- Poivre du moulin

1 | Mettre la semoule et les raisins dans un bol, mesurer la même quantité d'eau et la porter à ébullition. Hors du feu, ajouter l'huile d'olive et verser sur la semoule. Laisser gonfler pendant 15 à 20 minutes.
2 | Pendant ce temps, faire chauffer le bouillon de légumes dans un faitout. Parfumer avec le cumin et le ras-el-hanout. Verser les oignons et les carottes, laisser cuire 10 minutes à feu moyen. Couper les courgettes en rondelles, les ajouter et poursuivre la cuisson 15 minutes.
3 | Égoutter les pois chiches, les ajouter dans le faitout et faire réchauffer le tout 5 minutes. Au dernier moment, parsemer de coriandre.
4 | Mettre la semoule dans un plat creux en l'émiettant, l'entourer de légumes et la mouiller avec un peu de bouillon. Donner un tour de moulin à poivre.

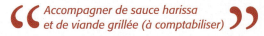

Accompagner de sauce harissa et de viande grillée (à comptabiliser)

plats

par personne

Étuvée de carottes safranées aux épinards

Préparation : 15 min ♦ Cuisson : 19 min

pour 4 personnes
- 500 g de carottes
- 100 g de jeunes pousses d'épinards
- 1 cc de margarine
- 1 CS d'échalote surgelée
- Le jus de 1 orange
- 10 cl de bouillon de volaille
- 0,1 g de safran
- 1 cc de gingembre frais râpé
- 2 CS de crème épaisse à 4 % ou 5 %
- Sel, poivre

1 | Éplucher les carottes, les tailler en fine julienne. Les faire blanchir 4 minutes dans de l'eau bouillante salée. Les rafraîchir, les égoutter et les réserver.
2 | Équeuter les pousses d'épinards, les rincer, les égoutter sur un linge puis les ciseler.
3 | Dans une sauteuse antiadhésive, faire fondre la margarine et y faire suer l'échalote à feu doux. Ajouter les épinards, les faire fondre 1 minute puis mettre les carottes. Mélanger.
4 | Verser le jus d'orange, le bouillon de volaille, le safran et le gingembre. Saler et poivrer. Laisser frémir doucement pendant 10 minutes tout en remuant avec une spatule.
5 | Incorporer la crème et poursuivre la cuisson 5 minutes.

❝ Accompagner d'un filet de poisson poêlé (à comptabiliser) ❞

plats

6 unités POINTS
par personne

Poulet au gingembre

Préparation : 15 min ♦ Cuisson : 45 min ♦ Réfrigération : 1 h

pour 4 personnes
- 4 cuisses de poulet
- 4 belles tomates
- 100 g de gingembre frais
- 4 gousses d'ail
- 1 bouquet de persil
- 1 CS d'huile d'arachide
- 40 cl de bouillon de volaille dégraissé
- Sel, poivre

1 | Retirer la peau du poulet. Couper chaque cuisse en deux, à la jointure.

2 | Faire une marinade en mixant ensemble les tomates, le gingembre et l'ail pelés, le persil, du sel, du poivre. Recouvrir le poulet de cette marinade et laisser macérer 1 heure au frais.

3 | Égoutter le poulet. Faire chauffer l'huile dans une cocotte antiadhésive et faire dorer les morceaux de tous les côtés. Ajouter le bouillon de volaille et la marinade. Laisser cuire à couvert 35 minutes.

7,5 unités POINTS
par personne

Fettucines au roquefort

Préparation : 5 min ♦ Cuisson : 12 min

pour 4 personnes
- Fettucines aux épinards à satiété
- 40 g de cerneaux de noix
- 60 g de roquefort
- 4 CS de crème fraîche à 5 %
- Sel, poivre

90

plats

1 | Faire cuire les fettucines dans de l'eau bouillante salée.
2 | Piler grossièrement les cerneaux de noix. Écraser le roquefort à la fourchette, le mélanger à la crème et aux noix. Poivrer (ne pas saler).
3 | Lorsque les pâtes sont cuites, les égoutter et les mélanger immédiatement à la sauce au roquefort.

Dorade au citron

Préparation : 15 min ♦ Cuisson : 30 min

pour 4 personnes
- 3 citrons
- 1 dorade (1,2 kg)
- Pommes de terre à satiété
- 1 cc d'origan
- 1 cc d'huile d'olive
- 30 cl de fumet de poisson
- Poivre du moulin

1 | Préchauffer le four à 180 °C (th. 6). Presser le jus de 2 citrons, couper le troisième en fines rondelles, enlever les pépins.
2 | Faire 2 à 3 incisions sur chaque côté de la dorade. Arroser l'extérieur de la moitié du jus de citron. Ranger les rondelles de citron à l'intérieur. Donner un tour de moulin à poivre.
3 | Éplucher les pommes de terre, les rincer, puis les couper en fines rondelles.
4 | Disposer les rondelles de pommes de terre dans un plat allant au four, les arroser du jus de citron restant et les saupoudrer d'origan.
5 | Disposer la dorade sur les pommes de terre, l'asperger d'huile et verser le fumet de poisson. Couvrir d'une feuille de papier d'aluminium et enfourner pour 30 minutes.
6 | Enlever la feuille de papier d'aluminium et laisser le plat dans le four éteint pendant 10 minutes pour que la cuisson se poursuive un peu.

plats

Farfalles printanières

Préparation : 15 min ♦ Cuisson : 20 min

pour 4 personnes
- 200 g de brocolis
- 200 g de pois gourmands
- 200 g de petits pois frais écossés
- Farfalles à satiété
- 2 cc de margarine à 60 %
- 1 CS d'oignon surgelé
- 40 g de lardons fumés
- 5 cl de vin blanc sec
- 10 cl de bouillon de volaille
- 1 cc d'estragon
- 1 cc de persil
- Sel, poivre du moulin

1 | Détacher de petits bouquets du brocoli et les rincer. Équeuter et rincer les pois gourmands.
2 | Porter une grande quantité d'eau salée à ébullition, y faire cuire les pâtes pendant 8 minutes jusqu'à ce qu'elles soient *al dente*.
3 | Faire chauffer la margarine dans une sauteuse antiadhésive, y faire revenir l'oignon et les lardons. Ajouter les brocolis et les pois gourmands. Verser le vin blanc et le bouillon de volaille, poivrer. Laisser cuire 5 minutes à feu moyen.
4 | Incorporer les petits pois et poursuivre la cuisson 5 min.
5 | Égoutter les pâtes, les mettre dans la sauteuse et les mélanger délicatement aux légumes. Faire réchauffer le tout 2 minutes.
6 | Rectifier l'assaisonnement, parsemer d'estragon et de persil hachés, puis servir.

❝ *Servir avec une viande blanche ou un poisson grillé (à comptabiliser)* ❞

❝ *Utiliser éventuellement des petits pois, de l'estragon et du persil surgelés* ❞

plats

5,5 unités POINTS par personne

Lapin à la flamande, pommes vapeur

Préparation : 15 min ♦ Cuisson : 39 min

pour 4 personnes
- 2 échalotes
- 1 cc de margarine
- 4 morceaux de lapin, râble ou cuisse (800 g)
- 1 cc de farine
- 12,5 cl de bière brune
- 25 cl de bouillon de volaille
- 1 bouquet garni
- 1 cc de poivre en grains
- 4 gros pruneaux ou 8 petits (60 g)
- Pommes de terre à satiété
- Sel

1 | Peler et émincer les échalotes. Faire chauffer la margarine dans une cocotte en fonte, y faire revenir les morceaux de lapin avec l'échalote pendant 4 minutes tout en remuant. Saler (légèrement).

2 | Saupoudrer de farine, remuer pendant 1 minute, puis mouiller avec la bière. Continuer de mélanger pendant 1 minute.

3 | Ajouter le bouillon de volaille, le bouquet garni et les grains de poivre. Couvrir et faire cuire à feu doux pendant 25 minutes. Remuer de temps en temps et, 10 minutes avant la fin de la cuisson, ajouter les pruneaux.

4 | Pendant ce temps, peler et rincer les pommes de terre, les faire cuire à la vapeur dans un autocuiseur pendant 8 minutes.

5 | Mettre le lapin et les pruneaux dans un plat de service creux, ajouter les pommes vapeur et napper de sauce. Servir bien chaud.

plats

par personne

Gigolettes de lapin aux 4 épices

Préparation : 10 min ♦ Réfrigération : 4 h ♦ Cuisson : 12 min

pour 4 personnes
- 8 gigolettes de lapin
- 2 cc de miel liquide
- 1 cc d'huile d'olive
- 2 CS de moutarde forte
- 1 cc de coriandre
- 1 cc de cumin
- 1 cc de cannelle
- 1/2 cc de muscade
- Sel, poivre

1 | Saler (légèrement) et poivrer les gigolettes de lapin. Mélanger le miel, l'huile et la moutarde. Badigeonner les gigolettes de la préparation et les mettre dans un plat.

2 | Mélanger les épices dans un bol et en saupoudrer de toutes parts les morceaux de lapin. Filmer et laisser mariner 4 heures au réfrigérateur.

3 | Au bout de ce temps, préchauffer le four, position gril. Lorsqu'il est bien chaud, placer les gigolettes sur une grille au-dessus de la lèche-frite et enfourner pour 12 minutes en retournant à mi-cuisson.

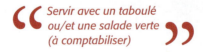

Servir avec un taboulé ou/et une salade verte (à comptabiliser)

plats

par personne

Fondue d'endives

Préparation : 10 min ♦ Cuisson : 15 min

pour 4 personnes
- 6 endives
- 2 cc de margarine à 60 %
- 1 cc de sucre en poudre
- 10 CS de crème à 4 %
- 1/2 jus de citron
- 1 cc de cerfeuil surgelé
- Sel, poivre

1 | Tailler la base des endives, les couper en lanières de 1 centimètre de largeur.
2 | Dans une sauteuse antiadhésive, faire chauffer la margarine, y faire revenir les endives à feu doux tout en remuant. Les saupoudrer de sucre et les faire caraméliser légèrement.
3 | Ajouter la crème, saler, poivrer et laisser cuire environ 12 minutes tout en remuant, jusqu'à ce que les endives soient fondues.
4 | Asperger du jus de citron et parsemer de cerfeuil. Servir bien chaud.

plats

par personne

Mille-feuille de chou au poisson

Préparation : 15 min ♦ Cuisson : 35 min

pour 4 personnes
- 1 chou vert frisé
- 400 g de filet de carrelet (plie)
- 90 g de saumon fumé
- 2 cc de margarine à 60 %
- 20 cl de fumet de poisson
- 2 CS d'échalote surgelée
- 2 CS de vinaigre de vin
- 15 cl de vin blanc sec
- 8 CS de crème à 4 %
- 1 CS de ciboulette surgelée
- 1 citron
- Sel, poivre

1 | Prélever une quinzaine de feuilles sur le chou. Les faire blanchir 5 minutes à l'eau bouillante salée. Les égoutter, puis les sécher dans du papier absorbant. Émincer les filets de poisson en fines escalopes et le saumon fumé en petites lanières.

2 | Préchauffer le four à 180 °C (th. 6). Graisser un moule à manqué avec 1 cuillerée à café de margarine. Y étaler 4 ou 5 feuilles de chou, puis garnir de couches successives de poisson émincé et de feuilles de chou. Parsemer de lanières de saumon fumé, saler très légèrement et poivrer au fur et à mesure, terminer par des feuilles de chou.

3 | Asperger de la moitié du fumet de poisson. Couvrir d'un papier de cuisson, enfourner et laisser cuire 20 minutes.

4 | Pendant ce temps, faire suer l'échalote dans une casserole avec la margarine restante, puis mouiller avec le vinaigre. Quand il est absorbé, ajouter le vin blanc et le reste du fumet de poisson, porter à ébullition, puis laisser réduire à feu doux 6 à 7 minutes.

5 | Baisser le feu, ajouter la crème, saler, poivrer et laisser cuire environ 3 minutes. Pour finir, ajouter la ciboulette.

6 | Démouler le mille-feuille de chou sur un plat, le couper en parts et servir accompagné de la sauce bien chaude. Décorer chaque part d'un quartier de citron.

plats

par personne

Papillotes de cabillaud

Préparation : 15 min ♦ Cuisson : 20 min

pour 4 personnes
- 1 courgette
- 4 darnes de cabillaud (600 g)
- 120 g de brousse allégée
- 2 cc d'ail surgelé
- 2 cc de ciboulette surgelée
- 1 cc de persil surgelé
- 1 citron
- Sel, poivre

1 | Préchauffer le four à 210 °C (th. 7). Rincer la courgette et la couper en fines rondelles sans la peler. Disposer chaque filet de poisson sur 1 rectangle de papier sulfurisé.

2 | Mélanger la brousse avec l'ail et les fines herbes. Saler et poivrer. Étaler la préparation sur les filets de poisson, recouvrir de rondelles de courgette. Refermer en papillotes.

3 | Disposer les papillotes sur la plaque du four et enfourner pour 20 minutes. Laisser reposer 5 minutes et servir les papillotes entrouvertes. Accompagner de quartiers de citron.

par personne

Papillotes de saumon aux herbes

Préparation : 15 min ♦ Cuisson : 10 min

pour 4 personnes
- 1 tomate
- 10 feuilles d'oseille, 1 botte de ciboulette, 6 brins de persil
- 4 cc d'huile d'olive
- 4 pavés de saumon de 120 g chacun
- Fleur de sel, poivre du moulin

1 | Peler, épépiner et couper la tomate en dés. Les mettre dans un bol avec les feuilles d'oseille, la ciboulette et le persil ciselés. Ajouter l'huile. Réserver 15 minutes dans un bain-marie chaud mais hors du feu.

2 | Préchauffer le four à 240 °C (th. 8). Déposer chaque pavé de saumon sur 1 carré de papier sulfurisé. Refermer en papillotes. Enfourner pour 10 minutes.

3 | Ouvrir les papillotes. Assaisonner les pavés de saumon de fleur de sel et poivre moulu. Les servir nappés de la macération d'herbes.

plats

par personne

Ris de veau aux morilles

Préparation : 20 min ♦ Cuisson : 22 min

pour 4 personnes
- 500 g de ris de veau
- 300 g de morilles surgelées
- 2 cc de margarine à 60 %
- 1 CS d'échalote surgelée
- 1 cc de fond de veau
- Le jus de 1/2 citron
- 1 petit-suisse à 0 %
- 12 CS de crème liquide à 8 %
- 1 cc de persil surgelé
- Sel, poivre du moulin

1 | Porter une grande quantité d'eau salée à ébullition, y faire blanchir les ris de veau 5 minutes. Les rafraîchir dans une passoire sous l'eau froide. Enlever la peau et les nervures.
2 | Verser les champignons encore surgelés dans une poêle antiadhésive portée sur feu vif. Lorsqu'ils ont rendu leur eau, les égoutter. Essuyer la poêle, faire fondre 1 cuillerée à café de margarine et y faire revenir l'échalote 1 minute en remuant. Ajouter les morilles et poursuivre la cuisson 4 minutes.
3 | Saupoudrer de fond de veau, ajouter le jus de citron, le petit-suisse et la crème. Poivrer et remuer avec une spatule en bois pendant 2 à 3 minutes pour bien enrober les champignons de sauce. Rectifier l'assaisonnement. Ajouter le persil et réserver au chaud.
4 | Couper les ris de veau en tranches. Faire chauffer la cuillerée de margarine restante dans une sauteuse anti-adhésive, y faire revenir les ris de veau environ 4 minutes, à feu vif, en les retournant à mi-cuisson. Poivrer et rectifier l'assaisonnement en sel.
5 | Répartir les ris de veau sur les assiettes de service et recouvrir de morilles à la crème.

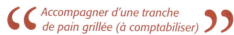

Accompagner d'une tranche de pain grillée (à comptabiliser)

Remplacer les morilles par des girolles

plats

Tagliatelles aux rougets

7,5 POINTS par personne

Préparation : 20 min ♦ Cuisson : 27 min

pour 4 personnes
- 2 échalotes
- 10 cl de vin blanc sec
- 1 CS de coriandre surgelée
- 15 cl de bouillon de volaille
- 6 CS de crème épaisse à 4 %
- 1 cc d'huile d'olive
- 600 g de filets de rougets
- Le jus de 1/2 citron
- 400 g de tagliatelles
- Sel, poivre du moulin

1 | Peler et hacher les échalotes. Les mettre dans une casserole à fond épais, puis verser le vin blanc et le laisser s'évaporer à feu vif.
2 | Ajouter la coriandre et le bouillon de volaille, porter à ébullition, puis laisser réduire à feu doux pendant 10 minutes. Incorporer la crème et poursuivre la cuisson 3 minutes. Réserver au chaud.
3 | Dans une poêle antiadhésive, faire chauffer l'huile. Faire dorer les filets de poisson 3 minutes de chaque côté. Saler et poivrer, asperger de jus de citron. Réserver au chaud.
4 | Porter une grande quantité d'eau salée à ébullition. Faire cuire les tagliatelles 8 minutes. Égoutter.
5 | Mettre les pâtes dans un plat creux, les napper de sauce et recouvrir des filets de poisson. Servir bien chaud.

plats

Tournedos aux p'tits oignons

par personne

Préparation : 20 min ♦ Cuisson : 17 min

pour 4 personnes
- 2 oignons rouges
- 2 cc d'huile d'olive
- 4 filets de dinde en tournedos (540 g)
- 5 cl de vin blanc sec
- 15 cl de bouillon de volaille
- 1 cc de persil surgelé
- Sel, poivre

1 | Peler et émincer les oignons en fines lamelles. Faire chauffer 1 cuillerée à café d'huile dans une sauteuse antiadhésive, y faire colorer les oignons 3 minutes tout en remuant. Réserver.

2 | Dans la même sauteuse, faire chauffer l'huile restante, y saisir les tournedos 2 minutes de chaque côté, saler (légèrement) et poivrer.

3 | Verser le vin blanc dans la sauteuse, porter à frémissement, puis ajouter le bouillon de volaille et les oignons. Laisser mijoter le tout 10 minutes à feu doux, tout en remuant de temps en temps.

4 | Disposer les tournedos sur des assiettes de service, les napper d'oignons et les parsemer de persil.

Blanquette de Saint-Jacques

Préparation : 30 min ♦ Cuisson : 40 min

pour 6 personnes
- 24 noix de Saint-Jacques (600 g) + les barbes
- 3 échalotes
- 1 blanc de poireau
- 2 cc de beurre
- 2 verres de vin blanc sec (25 cl)
- 2 carottes
- 2 navets
- 2 cc d'huile
- 4 CS de crème fraîche à 15 %
- 4 brins d'aneth
- Sel, poivre blanc

1 | Rincer les barbes à grande eau, les essuyer, puis les couper en morceaux.
2 | Peler et hacher les échalotes. Nettoyer et émincer le blanc de poireau. Faire revenir échalotes et poireau 5 minutes à feu doux dans le beurre. Ajouter les barbes de Saint-Jacques. Laisser étuver 5 minutes à couvert. Mouiller avec le vin et 25 centilitres d'eau. Cuire ce fumet 20 minutes sans couvrir.
3 | Pendant ce temps, peler les carottes et les navets. Les couper en allumettes. Les faire cuire 5 minutes dans le panier d'un cuit-vapeur. Les saler.
4 | Faire chauffer l'huile dans une poêle et y faire dorer les noix de Saint-Jacques 1 minute par face à feu moyen. Saler, poivrer et réserver.
5 | Filtrer le fumet, puis le reverser dans la sauteuse. Faire bouillir et réduire de moitié (environ 10 minutes). Ajouter la crème. Poursuivre la cuisson 3 minutes. Saler, poivrer. Ajouter les légumes et les noix de Saint-Jacques. Servir parsemé d'aneth.

plats

par personne

Crumble de courgettes

Préparation : 15 min ♦ Cuisson : 35 min

pour 4 personnes
- 1 kg de petites courgettes
- 2 brins de menthe
- 4 CS de farine
- 8 cc de beurre ramolli
- 1 citron non traité
- 15 g d'amandes en poudre
- Sel, poivre

1 | Râper les courgettes non pelées à l'aide d'une grille à gros trous. Les faire cuire 10 minutes à la vapeur (ou 7 minutes à couvert au four à micro-ondes à pleine puissance).

2 | Les égoutter à fond en les pressant. Saler, poivrer. Parfumer de menthe ciselée. Les mettre dans un plat à gratin.

3 | Préchauffer le four à 210 °C (th. 7). Prélever le zeste du citron. Le mélanger à la fourchette avec la farine, le beurre ramolli et les amandes en poudre.

4 | Parsemer les courgettes de cette pâte. Enfourner et laisser cuire 20 minutes. Servir chaud ou tiède.

plats

par personne

Rôti de dinde, poires pochées au vin rouge

Préparation : 15 min ♦ Cuisson : 45 min

pour 4 personnes
- 4 poires
- 50 cl de vin rouge
- 50 cl de fond de volaille
- 1/4 cc de cannelle en poudre
- 1 clou de girofle
- 1/4 cc de noix de muscade
- 1/4 cc d'édulcorant liquide de cuisson
- 1 rôti de dinde dans le filet (600 g)
- 2 cc de margarine à 60 %
- 2 échalotes
- 1 cc de thym
- Sel, poivre

1 | Peler les poires en leur laissant la queue. Dans une casserole, verser le vin rouge, le fond de volaille, la cannelle, le clou de girofle, la muscade et l'édulcorant. Porter à ébullition, mettre les poires et les faire pocher à feu doux pendant 10 minutes. Garder les fruits au chaud dans leur jus.
2 | Préchauffer le four à 180 °C (th. 6). Peler et hacher les échalotes. Saler et poivrer le rôti de dinde, le disposer dans un plat préalablement graissé avec la margarine, entourer d'échalote et parsemer de thym.
3 | Enfourner pour 35 minutes : arroser d'un peu de jus des poires, mélanger et retourner en cours de cuisson.
4 | Servir le rôti coupé en tranches, accompagné des poires pochées bien égouttées.

Décorer de quelques fruits rouges (framboises, fraises des bois…)

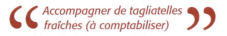

Accompagner de tagliatelles fraîches (à comptabiliser)

plats

Filet mignon au chou romanesco

Préparation : 20 min ♦ Cuisson : 30 min

pour 4 personnes
- 1 citron non traité
- 3 gousses d'ail
- 4 cc d'huile d'olive
- 1 filet mignon de porc (530 g)
- 1 oignon
- 500 g de chou romanesco
- 2 cc de vinaigre balsamique
- Sel, poivre

1 | Préchauffer le four à 180 °C (th. 6). Rincer et essuyer le citron. Râper finement son zeste au-dessus d'un bol. Le presser et réserver le jus dans un autre bol. Dans un autre récipient, mettre 1 gousse d'ail pelée et pressée, puis ajouter l'huile et le zeste de citron. Mélanger.

2 | Mettre le filet mignon dans un plat à rôtir. Saler et poivrer. Le badigeonner d'huile à l'ail et au zeste de citron. Peler et émincer l'oignon et le placer autour du rôti, ainsi que 2 gousses d'ail non pelées. Verser 3 cuillerées à soupe d'eau dans le fond du plat.

3 | Enfourner et laisser cuire 30 minutes en arrosant régulièrement le filet mignon de son jus de cuisson.

4 | Séparer le chou romanesco en petits bouquets. Les cuire 3 minutes à l'eau bouillante salée, puis les égoutter.

5 | Au terme de la cuisson, retirer le filet mignon du plat. Verser le jus du citron dans le plat. Faire bouillir 1 minute en grattant les sucs et en écrasant les gousses d'ail dans le jus. Relever de vinaigre balsamique.

6 | Mélanger rapidement les bouquets de chou romanesco dans ce jus. Les servir avec le filet mignon coupé en 16 petites tranches.

plats

6,5 unités POINTS
par personne

Croustillant de saumon aux épinards

Préparation : 20 min ♦ Cuisson : 20 min

pour 4 personnes
- 2 cc de beurre
- 3 feuilles de filo
- 8 petites escalopes de saumon (480 g)
- 2 cc d'huile d'olive
- 200 g de pousses d'épinards
- Fleur de sel, poivre du moulin

1 | Préchauffer le four à 240 °C (th. 8). Faire fondre le beurre (à feu doux ou au four à micro-ondes). Couper chaque feuille de filo en 8 rectangles de 15 centimètres sur 10 centimètres. Les badigeonner de beurre tiédi. Les déposer sur une plaque recouverte d'une feuille de papier de cuisson. Les faire dorer 3 minutes au four en procédant en 2 fournées, puis réserver.

2 | Déposer les escalopes de saumon sur cette même plaque. Les cuire 5 minutes au four, puis les assaisonner de fleur de sel et de poivre moulu.

3 | Pendant ce temps, chauffer l'huile dans une sauteuse. Ajouter les pousses d'épinards rincées et pas trop égouttées. Les faire cuire 3 minutes en mélangeant. Saler et poivrer.

4 | Monter chaque mille-feuille directement sur les assiettes. Superposer 2 rectangles de filo, garnir d'épinards, puis de saumon et encore d'épinards.

5 | Recouvrir de 2 autres rectangles de filo, puis à nouveau d'épinards et de saumon. Terminer par 2 rectangles de filo. Servir immédiatement.

plats

par personne

Petits gratins de feuilles

Préparation : 15 min ♦ Cuisson : 6 min

pour 4 personnes
- 250 g de pousses d'épinards
- 150 g de feuilles de roquette
- 1 cœur de céleri branche
- 50 g de feuilles d'oseille
- 1 bouquet de persil plat
- 2 cc d'huile d'olive
- 4 CS de parmesan râpé
- Sel, poivre

1 | Rincer les pousses d'épinards et les feuilles de roquette. Émincer le cœur de céleri. Ciseler les feuilles d'oseille et de persil.
2 | Chauffer l'huile dans une sauteuse. Ajouter les épinards et la roquette à peine égouttés ainsi que le céleri. Faire cuire à feu vif en tournant sans cesse jusqu'à ce que toute l'eau soit évaporée (4 minutes). Ajouter l'oseille et le persil. Saler et poivrer.
3 | Répartir ces verdures dans 4 petits plats à œufs. Saupoudrer de parmesan. Faire dorer 2 minutes sous le gril du four. Servir aussitôt.

plats

par personne

Pintade aux lentilles

Préparation : 20 min ♦ Cuisson : 1 h 15

pour 4 personnes
- 1 pintade fermière de 1,2 kg prête à cuire
- 1 cc d'huile
- 30 g de lardons fumés
- 1 carotte
- 2 oignons
- 2 clous de girofle
- 120 g de lentilles vertes
- 1 bouquet garni
- Sel, poivre

1 | Saler et poivrer la pintade à l'intérieur et à l'extérieur. La mettre dans un plat à rôtir huilé. La glisser dans le four froid. Allumer celui-ci sur 180 °C (th. 6). Laisser cuire 45 minutes.

2 | Pendant ce temps, faire revenir les lardons à sec dans une cocotte sur feu très doux. Peler la carotte et la couper en petits dés. Peler et hacher 1 oignon, piquer le deuxième de clous de girofle.

3 | Dès que les lardons commencent à dorer, les retirer et les remplacer par les dés de carotte et l'oignon haché. Ajouter les lentilles, l'oignon piqué de clous de girofle et le bouquet garni. Mouiller d'eau à hauteur. Laisser cuire 20 minutes à couvert.

4 | Remettre les lardons dans la cocotte. Ajouter la pintade. Poursuivre la cuisson 30 minutes. En fin de cuisson, retirer l'oignon piqué de clous de girofle et le bouquet garni.

5 | Dresser la pintade sur un plat de service. Égoutter les lentilles avec leurs légumes de cuisson et les lardons. Saler, poivrer. Les disposer par-dessus la pintade coupée en 4 morceaux. Servir bien chaud.

plats

Truite au confit d'artichaut

Préparation : 20 min ♦ Cuisson : 43 min

pour 4 personnes
- 1 verre de vin blanc sec (12,5 cl)
- 5 cc d'huile d'olive
- 1 orange
- 1 citron
- 2 gousses d'ail
- 1 bouquet garni
- 1 cc de graines de coriandre
- 1 cc de grains de poivre
- 12 artichauts poivrades
- 4 pavés de truite de mer sans la peau (470 g)
- 4 brins de coriandre
- Fleur de sel, poivre du moulin

1 | Préparer un court-bouillon : dans une casserole, porter 75 centilitres d'eau salée à ébullition avec le vin blanc, 4 cuillerées à café d'huile d'olive, une demi-orange et un demi-citron coupés en tranches, les gousses d'ail pelées, le bouquet garni, les graines de coriandre et les grains de poivre. Laisser bouillir 20 minutes.

2 | Casser la tige des artichauts. Arracher les plus grosses feuilles de la base jusqu'aux feuilles les plus tendres et les plus pâles. Égaliser le pourtour, puis peler chaque fond. Couper les feuilles restantes aux deux tiers de la hauteur. Couper ces artichauts en deux dans la hauteur. Les frotter avec le demi-citron restant puis les faire cuire 15 minutes dans le court-bouillon. Les laisser tiédir dans leur court-bouillon.

3 | Déposer les morceaux de filets de truite de mer dans le panier d'un cuit-vapeur huilé. Les faire cuire 8 minutes à la vapeur. Les dresser sur 4 assiettes. Assaisonner de fleur de sel et de poivre moulu. Entourer des artichauts égouttés. Décorer de la demi-orange restante coupée en demi-lunes puis en petits éventails et de brins de coriandre.

plats

Rôti à la moutarde d'herbes

3,5 unités POINTS® par personne

Préparation : 10 min ♦ Cuisson : 25 min

pour 6 personnes
- 900 g de filet de bœuf ficelé en rôti (non bardé)
- 1 cc d'huile d'olive
- 3 CS de moutarde à l'ancienne
- 1 CS de moutarde forte
- 1 bouquet de cerfeuil
- 1 bouquet d'estragon
- Sel, poivre

1 | Préchauffer le four à 240 °C (th. 8). Poivrer le rôti. Le mettre dans un plat huilé. Enfourner et laisser cuire 20 minutes.
2 | Ciseler le cerfeuil et l'estragon. Les mélanger avec les 2 moutardes. En enduire le rôti cuit. Le laisser reposer 10 minutes dans le four éteint, porte ouverte, afin que le jus se répartisse à l'intérieur et ne coule pas à la découpe.
3 | Verser 5 cuillerées à soupe d'eau dans le plat de cuisson. Faire bouillir 2 à 3 minutes en grattant les sucs. Saler, poivrer.
4 | Servir le rôti coupé en tranches (150 grammes par personne), accompagné du jus en saucière.

plats

par personne

Colombo de dinde

Préparation : 10 min ♦ Cuisson : 10 min

pour 4 personnes
- 4 filets de dinde (100 g chacun)
- 1 cc d'huile d'olive
- 1 CS de colombo, 1 cc de piment
- 1 CS de lait de coco,
  25 cl de crème fraîche à 4 % ou 5 %
- 400 g de riz cuit
- 10 g de pignons, persil, sel, poivre

1 | Découper les filets de dinde en dés. Faire chauffer l'huile d'olive dans une sauteuse et y faire revenir les dés de dinde.
2 | Saler, poivrer, puis ajouter le colombo et le piment. Verser le lait de coco et la crème fraîche, mélanger et faire cuire 10 minutes.
3 | Servir les filets de dinde entourés de riz, parsemer de persil et de pignons.

par personne

Effiloché de raie au fenouil et poivron

Préparation : 15 min ♦ Cuisson : 30 min ♦
Réfrigération : 1 h

pour 4 personnes
- 2 bulbes de fenouil
- 1 gros poivron rouge
- 1 poivron vert (ou jaune)
- 4 petites ailes de raie (de 140 g)
- 30 cl de vinaigre, 8 cc d'huile d'olive
- Thym, sel, poivre

1 | Rincer les bulbes de fenouil, les couper en quatre et les faire cuire 20 minutes à la vapeur. Pendant ce temps, préchauffer le gril du four et y faire griller les poivrons jusqu'à ce que la peau soit noire. Les laisser refroidir, les peler et les couper en lamelles.

plats

2 | Pocher les ailes de raie 8 minutes dans de l'eau bouillante salée mélangée au vinaigre, puis les effilocher.
3 | Déposer l'effiloché dans un plat, ajouter les lamelles de poivrons et les quartiers de fenouil, arroser d'huile et parsemer de thym, sel, poivre. Laisser mariner 1 heure au frais avant de servir.

Pommes de terre en éventail

Préparation : 15 min ♦ Cuisson : 45 + 15 min

pour 4 personnes
- 12 grosses pommes de terre
- 1 cube de bouillon de volaille dégraissé
- 3 gousses d'ail
- 4 CS de fromage râpé

1 | Préchauffer le four à 220 °C (th. 7/8). Peler les pommes de terre, les couper en fines tranches sans séparer les lamelles pour former un éventail.
2 | Les mettre dans un plat allant au four, éventuellement avec une feuille de cuisson au fond du plat.
3 | Faire fondre le cube de volaille dans 1/4 litre d'eau bouillante et le verser sur les pommes de terre. Enfourner pour 45 minutes en couvrant le plat.
4 | Sortir le plat du four et découvrir les pommes de terre.
5 | Un quart d'heure avant le repas, mettre sur les pommes de terre l'ail haché ainsi que 1 cuillerée à café de gruyère râpé par pomme de terre et passer 15 minutes sous le gril.

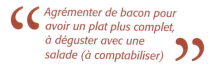

> *Agrémenter de bacon pour avoir un plat plus complet, à déguster avec une salade (à comptabiliser)*

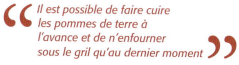

> *Il est possible de faire cuire les pommes de terre à l'avance et de n'enfourner sous le gril qu'au dernier moment*

plats

Rôti de magrets aux champignons

Préparation : 30 min ♦ Cuisson : 30 min

pour 4 personnes
- 100 g de morilles
- 150 g de girolles
- 2 cc d'huile d'olive
- 1 gousse d'ail
- 1/2 bouquet de persil plat
- 2 magrets de canard sans peau (de 300 g)
- 1 cc de mélange de poivres et baies
- 1 CS de vinaigre balsamique
- Sel, poivre

1 | Éliminer le pied terreux des champignons. Rincer les morilles dans plusieurs eaux. Essuyer les girolles avec une éponge humide (éviter de les rincer). Les couper en morceaux.

2 | Faire revenir ces champignons à la poêle dans l'huile d'olive 7 à 8 minutes. Saler, poivrer. Ajouter l'ail haché et le persil ciselé.

3 | Préchauffer le four à 220 °C (th. 7/8). Recouvrir 1 magret de la poêlée de champignons tiédie puis du deuxième magret, chair contre chair. Ficeler l'ensemble de plusieurs tours de ficelle de cuisine.

4 | Déposer ce « rôti » de magrets dans un plat allant au four. Parsemer du mélange de poivres et baies concassé. Enfourner et laisser cuire 20 minutes.

5 | Sortir le rôti de magrets de son plat. Le laisser reposer 10 minutes au chaud. Verser 5 cuillerées à soupe d'eau dans le plat. Faire bouillir et laisser réduire 2 minutes en grattant les sucs. Relever ce jus de vinaigre balsamique.

6 | Saler le rôti de magrets au moment de sa découpe. Servir bien chaud accompagné du jus en saucière.

plats

Agneau au thym et petits légumes

Préparation : 30 min ♦ Cuisson : 40 min

pour 4 personnes
- 3 carottes
- 3 navets
- 2 courgettes
- 1 tête d'ail (soit 10 gousses maximum)
- 100 g de haricots plats
- 10 oignons grelots au vinaigre égouttés
- 8 côtelettes d'agneau (filet) bien dégraissées (480 g)
- 1 CS d'huile
- 2 CS de thym
- Quelques brins de thym frais (facultatif)
- Sel, poivre

1 | Préchauffer le four à 210 °C (th. 7). Peler, laver puis couper en dés les carottes, les navets et les courgettes. Détacher les gousses d'ail en conservant leur peau.
2 | Déposer tous les légumes et l'ail dans un plat allant au four avec un fond d'eau. Saler, poivrer. Enfourner et laisser cuire environ 10 minutes.
3 | Pendant ce temps, badigeonner l'agneau d'huile. Saupoudrer de thym.
4 | Sortir le plat du four, mélanger délicatement les légumes, puis disposer l'agneau par-dessus. Enfourner à nouveau et faire cuire pendant 30 minutes en mélangeant les légumes à mi-cuisson.
5 | Rectifier l'assaisonnement. Décorer éventuellement de branches de thym frais. Servir bien chaud.

plats

Brochettes de printemps

Préparation : 10 min ♦ Cuisson : 10 min

pour 4 personnes
- 4 escalopes de volaille (de 130 g)
- 12 abricots
- 1 gousse de vanille
- Le jus de 2 citrons verts
- 1 poivron vert (environ 200 g)
- 1 poivron jaune (environ 200 g)
- 1 barquette de tomates cerises
- Sel, poivre

1 | Préchauffer le four en position gril.
2 | Couper les escalopes de volaille en morceaux. Dénoyauter les abricots et réserver les oreillons.
3 | Fendre la gousse de vanille en deux. Mélanger la pulpe au jus de citron.
4 | Laver les poivrons, retirer les pépins, puis les couper en carrés. Rincer les tomates cerises.
5 | Enfiler les différents ingrédients sur des piques à brochettes en les alternant. Saler, poivrer et napper du jus de citron vanillé.
6 | Faire cuire les brochettes 10 minutes sous le gril du four en les retournant à mi-cuisson.

plats

Civet de lotte et polenta

Préparation : 15 min ♦ Cuisson : 20 min

pour 4 personnes
- 45 cl de lait écrémé
- 200 g de polenta
- 100 g de dés de lardons nature dégraissés
- 1 oignon
- 600 g de lotte désossée sans la peau (soit 4 morceaux)
- 20 cl de vin rouge
- 20 cl de fond de veau réhydraté
- Fleur de sel, poivre du moulin

1 | Dans une casserole, porter à ébullition 45 centilitres d'eau et 45 centilitres de lait avec 1 cuillerée à café bombée de sel. Ajouter la polenta. La faire cuire en remuant jusqu'à ce qu'elle se décolle du bord de la casserole. Rectifier l'assaisonnement.
2 | Étaler la polenta sur un plat (sur environ 1 centimètre d'épaisseur). La laisser refroidir.
3 | Peler et émincer l'oignon. Le faire chauffer à sec (sans matière grasse) avec les lardons dans une sauteuse antiadhésive bien chaude.
4 | Ajouter la lotte et la faire dorer sur feu vif sur toutes ses faces.
5 | Ajouter le vin rouge. Le laisser réduire de moitié. Ajouter le fond de veau. Laisser mijoter à petits bouillons environ 5 minutes pour que la sauce épaississe.
6 | Préchauffer le four en position gril. Avec un verre assez large comme emporte-pièce, découper des galettes de polenta. Les ranger sur la plaque du four recouverte d'une feuille de papier sulfurisé. Enfourner et laisser dorer sous le gril quelques minutes.
7 | Servir le civet de lotte avec les galettes de polenta dorées.

plats

par personne

Fèves mijotées

Préparation : 20 min ♦ Cuisson : 15 min

pour 4 personnes
- 2 poireaux
- 2 carottes
- 400 g de fèves surgelées
- 1/2 cc de carvi (ou à défaut de cumin)
- 1 CS de cerfeuil surgelé
- Sel, poivre

1 | Retirer le vert des poireaux et couper le blanc en fines rondelles. Les laver.
2 | Peler et couper les carottes en fines rondelles. Les laver.
3 | Dans une grande casserole, faire bouillir 50 centilitres d'eau salée. Ajouter les carottes et les rondelles de poireaux. Faire cuire 10 minutes à feu moyen.
4 | Ajouter les fèves et le carvi. Prolonger la cuisson à feu moyen, et à couvert, pendant 5 minutes. Rectifier l'assaisonnement. Égoutter ou non selon votre goût.
5 | Servir dans une assiette creuse. Décorer de cerfeuil.

plats

par personne

Quinoa d'automne

Préparation : 15 min ♦ Cuisson : 20 min

pour 4 personnes
- 100 g de quinoa cru
- 200 g de potiron, 120 g d'oignons
- 1 cc d'huile d'olive
- 2 gousses d'ail
- 200 g de châtaignes cuites et épluchées
- 1 CS de persil haché, sel, poivre

1 | Laver le quinoa à grande eau et l'égoutter 3 ou 4 fois. Le mettre dans une casserole avec 1 fois son volume d'eau froide. Porter à ébullition, couvrir et laisser cuire à feu doux 10 minutes, saler.
2 | Laisser gonfler la graine hors du feu (le grain doit avoir doublé de volume et libéré son germe blanc).
3 | Couper le potiron en dés et le cuire à l'étouffée (*al dente*). Émincer les oignons et les cuire avec l'huile d'olive à feu moyen. Saler et poivrer.
4 | Mélanger avec les autres ingrédients. Ajouter le persil et les châtaignes hachées grossièrement.

par personne

Crumble de tomates aux saucisses

Préparation : 15 min ♦ Cuisson : 45 min

pour 4 personnes
- 2 courgettes, 600 g de tomates
- 2 petits œufs, 1/2 cc de muscade
- 6 cc d'huile d'olive, thym et romarin
- 80 g de farine, 6 cc de chapelure, 60 g de parmesan râpé
- 6 cc de beurre à 41 %
- 6 saucisses *Weight Watchers*
- Sel, poivre

1 | Préchauffer le four à 180 °C (th. 6). Laver et couper les légumes en rondelles. Battre les œufs avec la muscade, saler et poivrer.

plats

2 | Dans un plat à gratin, mélanger les légumes avec l'huile, le thym et le romarin. Verser les œufs, saler et poivrer. Enfourner et laisser cuire 25 minutes.
3 | Dans un saladier, mélanger la farine, la chapelure et le parmesan. Ajouter le beurre fondu.
4 | Couper les saucisses en petits tronçons. Les mélanger aux légumes. Parsemer de pâte. Cuire encore 20 minutes au four.

par personne

Linguinis aux moules

Préparation : 30 min ♦ Cuisson : 25 min

pour 4 personnes
- 400 g de moules
- 1 gros oignon
- 2 gousses d'ail
- 500 g de linguinis ou de spaghettis
- 2 CS d'huile d'olive
- 850 g de tomates en boîte concassées
- 15 cl de vin blanc
- 2 à 3 brins de thym frais
- Sel, poivre du moulin

1 | Nettoyer et gratter les moules. Peler et hacher finement l'oignon. Éplucher l'ail et l'écraser.
2 | Dans une grande quantité d'eau bouillante salée, faire cuire les linguinis pendant 10 minutes jusqu'à ce qu'ils soient *al dente*. Les égoutter et les remettre dans la casserole. Ajouter 1 cuillerée à soupe d'huile d'olive et mélanger.
3 | Pendant la cuisson des pâtes, faire chauffer 1 cuillerée à soupe d'huile dans une grande poêle et y faire revenir à feu doux l'oignon et l'ail pendant 5 minutes.
4 | Incorporer les tomates concassées, le vin, saler, poivrer et porter à ébullition. Baisser le feu et laisser mijoter.
5 | Mettre les moules dans une casserole avec un tiers de verre d'eau, couvrir et porter à ébullition. Laisser cuire pendant 5 minutes en remuant la casserole régulièrement jusqu'à ce que les moules soient ouvertes.
6 | Égoutter les moules et les transférer dans la sauce tomate.
7 | Répartir les pâtes dans 4 assiettes creuses préchauffées, napper les pâtes de la préparation aux moules et parsemer de thym frais. Servir sans attendre.

plats

Filet mignon à la canadienne

Préparation : 10 min ♦ Cuisson : 20 min ♦ Réfrigération : 1 nuit

pour 4 personnes
- 500 g de filet mignon de porc dégraissé
- 4 cc de vinaigre balsamique
- 3 CS de sirop d'érable
- 4 étoiles de badiane
- Sel, poivre

1 | La veille, préparer la marinade. Pour cela, découper le filet mignon en 4 morceaux. Faire de petites incisions dans la viande avec un couteau. Les placer dans un plat et ajouter le vinaigre et le sirop d'érable. Assaisonner et ajouter la badiane.
2 | Filmer le plat et le placer au réfrigérateur toute la nuit.
3 | Le jour même, préchauffer le four à 210 °C (th. 7). Placer les filets de porc sur la plaque du four en réservant le reste de la marinade. Enfourner et laisser cuire 20 minutes (vérifier la cuisson selon votre goût) en les retournant à mi-cuisson.
4 | Faire réchauffer la marinade dans une petite casserole. Servir aussitôt la viande nappée de cette sauce. Décorer chaque assiette d'une étoile de badiane.

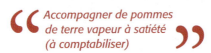

Accompagner de pommes de terre vapeur à satiété (à comptabiliser)

plats

Papillotes de poisson au gingembre

Préparation : 10 min ♦ Cuisson : 15 min

pour 4 personnes
- 1 oignon avec les tiges vertes
- 1 morceau de gingembre frais (quantité à choisir selon le goût désiré)
- 4 filets de poisson (julienne, dorade ou lieu) de 140 g
- 1 poireau
- 2 carottes
- 2 cc de graines de sésame (facultatif)
- 2 CS d'huile de sésame
- 1 CS de fumet de poisson déshydraté
- Le jus de 1 citron
- Sel, poivre

1 | Préchauffer le four à 240 °C (th. 8). Découper 4 grands carrés de papier sulfurisé.
2 | Peler et couper le gingembre et les oignons en fins bâtonnets. Éplucher le poireau, le laver et l'émincer finement. Peler les carottes et les tailler en fine julienne.
3 | Sur chaque feuille de papier sulfurisé, déposer un quart des légumes. Les recouvrir d'un filet de poisson.
4 | Dans une poêle chaude, faire dorer les graines de sésame à sec (sans matière grasse).
5 | Dans un petit bol, mélanger l'huile, le fumet, les graines de sésame et le jus de citron.
6 | Verser cette sauce sur les filets de poisson. Rectifier l'assaisonnement. Fermer les papillotes.
7 | Les enfourner et laisser cuire environ 15 minutes. Servir aussitôt.

plats

par personne

Pavés d'autruche aux herbes

Préparation : 5 min ♦ Cuisson : 10 min

pour 4 personnes
- 4 steaks d'autruche (de 160 g)
- 1 CS de persil plat surgelé
- 1 CS d'estragon surgelé
- 4 CS de moutarde forte à l'ancienne
- 3 cc de fond de veau déshydraté
- Sel, poivre

1 | Dans une poêle antiadhésive bien chaude, faire dorer les steaks 3 minutes de chaque côté. Saler et poivrer.
2 | Ajouter les herbes, 25 centilitres d'eau, la moutarde et le fond de veau. Mélanger et laisser épaissir à petits bouillons pendant environ 2 minutes (selon la cuisson désirée).
3 | Rectifier l'assaisonnement et servir bien chaud.

plats

par personne

Grenadins de veau à l'indienne

Préparation : 20 min ♦ Cuisson : 20 min

pour 6 personnes
- 3 CS d'huile d'olive
- 6 grenadins de veau (de 140 g chacun)
- 1 mangue bien mûre
- 2 pommes
- 3 belles tomates
- 3 CS de coriandre fraîche hachée
- 1 CS de curry en poudre
- 1 cc d'ail surgelé
- 3 yaourts nature à 0 %
- Sel, poivre

1 | Mélanger 2 cuillerées à soupe d'huile avec du sel et du poivre. Mettre les grenadins dans un plat et les arroser de ce mélange.

2 | Peler et couper en dés les pommes et la mangue dénoyautée. Ébouillanter les tomates, les peler et les couper en dés.

3 | Faire chauffer l'huile restante dans une poêle et y faire dorer les grenadins 4 minutes de chaque côté. Saupoudrer de 2 cuillerées à soupe de coriandre, les transférer dans un plat, couvrir et réserver.

4 | Dans la même poêle, mettre les fruits et les dés de tomate et faire cuire à feu doux pendant 10 minutes.

5 | Saupoudrer de curry, remuer délicatement. Incorporer l'ail, les yaourts, le reste de coriandre, saler, poivrer et laisser mijoter à nouveau 5 minutes.

6 | Disposer les grenadins sur des assiettes et les napper avec la sauce.

❝ *Servir accompagné de riz basmati (à comptabiliser)* ❞

plats

Poulet au sésame

5,5 unités POINTS
par personne

Préparation : 10 min ♦ Cuisson : 25 min ♦ Repos : 30 min

pour 6 personnes
- 6 pilons de poulet (600 g)
- 1/2 citron
- 4 CS de miel
- 2 CS de jus d'orange frais pressé
- 1 cc de sauce de soja
- 2 CS de graines de sésame
- Sel, poivre du moulin

1 | Disposer les pilons de poulet dans un plat allant au four. Presser le citron et prélever son zeste.
2 | Préparer la marinade : mélanger le jus et le zeste du citron, le miel, le jus d'orange, la sauce de soja et la moitié des graines de sésame. Saler, poivrer.
3 | Verser la marinade sur les pilons. Couvrir et laisser macérer 30 minutes au frais en retournant une fois les pilons.
4 | Préchauffer le four à 180 °C (th. 6). Découvrir et enfourner le plat pendant 15 minutes.
5 | Ôter les pilons de la marinade et les remettre au four 10 minutes afin qu'ils dorent uniformément. Avant de servir, parsemer les pilons des graines de sésame restantes.

plats

Paupiettes de veau

Préparation : 30 min ♦ Cuisson : 35 min

pour 4 personnes
- 1 tomate (100 g)
- 1 gousse d'ail
- 1 oignon (70 g)
- 100 g de champignons de Paris
- 3 brins de persil
- 3 biscottes
- 4 escalopes de veau (de 160 g) fines et larges
- 10 cl de bouillon de bœuf dégraissé

1 | Peler la tomate, l'ail et l'oignon, les hacher finement. Hacher les champignons et le persil. Écraser la biscotte.
2 | Mélanger tous ces ingrédients et les faire revenir à feu doux dans une poêle munie d'une feuille de cuisson, pendant 3 minutes.
3 | Répartir cette farce sur les escalopes. Rouler et ficeler chaque escalope avec du fil de cuisine.
4 | Mettre la feuille de cuisson dans un autocuiseur et faire dorer les paupiettes 2 minutes.
5 | Arroser les paupiettes avec le bouillon chaud. Fermer l'autocuiseur et faire cuire très doucement pendant 30 minutes. Déficeler au moment de servir.

plats

Flétan à la crème d'oseille

3,5 unités POINTS par personne

Préparation : 15 min ♦ Cuisson : 15 min

pour 4 personnes
- 4 filets de flétan (480 g)
- 1 bouquet garni
- 1 cc de margarine
- 1 CS d'échalote surgelée
- 1 CS de vinaigre de vin
- 5 cl de vin blanc sec
- 200 g d'oseille surgelée
- 15 cl de lait 1/2 écrémé concentré non sucré à 4 % (160 g)
- 1 citron
- Sel, poivre

1 | Saler et poivrer les filets de poisson, les disposer dans un plat en verre culinaire, verser 5 centilitres d'eau et ajouter le bouquet garni. Couvrir et faire cuire 5 minutes au four à micro-ondes (800 W).
2 | Égoutter les filets de poisson, les réserver au chaud dans le plat, récupérer le jus de cuisson.
3 | Dans une petite casserole à fond épais, faire fondre la margarine et y faire suer l'échalote 1 minute. Déglacer avec le vinaigre et le vin blanc, donner un bouillon.
4 | Ajouter l'oseille encore surgelée et le jus de cuisson du poisson réservé, laisser fondre doucement tout en remuant pendant 4 minutes.
5 | Verser le lait concentré et poursuivre la cuisson 3 à 4 minutes tout en mélangeant. Rectifier l'assaisonnement.
6 | Disposer les filets de poisson sur les assiettes de service, les napper de sauce à l'oseille. Accompagner d'un quartier de citron.

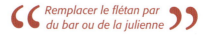

Remplacer le flétan par du bar ou de la julienne

plats

par personne

Morue aux deux poivrons

Préparation : 15 min ♦ Cuisson : 45 min ♦ Dessalage : 24 h

pour 4 personnes
- 500 g de morue salée
- 2 poivrons jaunes
- 1 poivron rouge
- 16 tomates cerises
- 1 CS d'huile d'olive
- Le jus de 1 orange
- 1 CS de vinaigre balsamique
- 4 gousses d'ail

1 | La veille, faire dessaler la morue dans un récipient d'eau froide en changeant l'eau régulièrement.
2 | Le jour même, laver les légumes. Équeuter, épépiner les poivrons et les détailler en lamelles.
3 | Faire chauffer l'huile à feu doux dans une sauteuse et y faire suer les poivrons pendant 3 minutes.
4 | Verser le jus d'orange et le vinaigre. Ajouter les tomates, les gousses d'ail en chemise et laisser cuire 30 minutes.
5 | Sécher la morue, la détailler et la déposer sur les poivrons. Couvrir et faire cuire pendant encore 10 minutes.

plats

par personne

Paillasson aux deux légumes

Préparation : 15 min ♦ Cuisson : 40 min

pour 4 personnes
- 400 g de pommes de terre
- 300 g de carottes
- 2 gousses d'ail
- 2 CS de beurre à 41 %
- 2 CS d'huile
- Sel, poivre du moulin

1 | Peler les pommes de terre et les carottes, les laver et les râper. Les sécher dans un torchon en les mélangeant. Peler et hacher les gousses d'ail.
2 | Dans une grande poêle, faire fondre l'huile et le beurre, y faire revenir les légumes à feu doux, saler, poivrer, puis ajouter l'ail. Laisser cuire à couvert pendant 20 minutes.
3 | Retourner le paillasson à l'aide d'une assiette et poursuivre la cuisson sur l'autre face encore 20 minutes. Le paillasson doit être doré des deux côtés.

plats

Poulet canja

5,5 unités POINTS® par personne

Préparation : 20 min ♦ Cuisson : 2 h 20

pour 4 personnes
- 8 carottes
- 2 oignons
- 4 navets
- 4 poireaux
- 4 tomates
- 1 poulet de 1,2 kg coupé en morceaux
- 180 g de riz long
- 50 g de jambon cru
- Sel, poivre

1 | Nettoyer puis éplucher les légumes. Couper les carottes en tronçons, les oignons et les navets en quatre. Fendre les poireaux en deux, les laver et les lier ensemble.

2 | Émonder les tomates, éliminer les graines, couper la pulpe grossièrement, réserver.

3 | Dans un faitout, verser 1 litre d'eau, saler. Ajouter les morceaux de poulet et les légumes sauf les tomates. Porter à ébullition puis baisser le feu et laisser cuire 2 heures environ.

4 | Retirer les légumes à l'aide d'une écumoire, verser le riz et les tomates dans le bouillon et laisser cuire 20 minutes.

5 | Couper le jambon en lanières, les ajouter dans le faitout. Plonger les légumes quelques instants dans le faitout pour les réchauffer, poivrer.

6 | Dresser le plat de service en retirant la peau des morceaux de volaille et déguster bien chaud.

> *Les premières étapes de cette recette peuvent être réalisées à l'avance. Dans ce cas, laisser refroidir l'ensemble, éliminer le gras figé avant d'enlever les légumes, puis porter le bouillon à ébullition pour y faire cuire le riz*

plats

par personne

Flan de chou-fleur

Préparation : 10 min ♦ Cuisson : 30 min

pour 4 personnes
- 1 chou-fleur
- 3 petits œufs
- 40 cl de lait écrémé
- 1/4 cc de muscade
- 30 g de gruyère râpé allégé
- Sel, poivre blanc

1 | Préchauffer le four à 200 °C (th. 6/7). Détacher les bouquets du chou-fleur, les rincer et les mettre dans le panier d'un autocuiseur avec 1 grand verre d'eau salée. Fermer hermétiquement et laisser cuire 10 minutes à partir de la mise en rotation de la soupape. Égoutter et réserver.
2 | Battre les œufs en omelette avec le lait, saler, poivrer et ajouter la muscade. Incorporer la moitié du gruyère râpé.
3 | Étaler le chou-fleur dans un plat à gratin antiadhésif, recouvrir de la préparation aux œufs, parsemer le reste de gruyère et enfourner pour 20 minutes. Servir bien chaud.

plats

6 unités POINTS
par personne

Tarte aux pommes de terre et à la feta

Préparation : 10 min ♦ Cuisson : 25 min

pour 6 personnes
- 300 g de pommes de terre (bintje ou manon)
- 150 g de feta allégée
- 3 petits œufs
- 8 CS de crème fraîche à 4 % ou 5 %
- 1 pincée de noix de muscade râpée
- 180 g de pâte brisée
- 1 branche de thym
- Sel, poivre du moulin

1 | Préchauffer le four à 220 °C (th. 7/8). Peler les pommes de terre, les laver, les essuyer et les râper. Les essuyer à nouveau dans un linge pour éliminer le plus d'humidité possible.
2 | Détailler la feta en dés réguliers.
3 | Dans un saladier battre les œufs avec la crème fraîche. Incorporer la noix de muscade, saler et poivrer. Ajouter les pommes de terre râpées.
4 | Dérouler la pâte brisée et la déposer dans un moule antiadhésif ou couvert d'une feuille de papier sulfurisé, y verser la préparation aux pommes de terre.
5 | Répartir les dés de feta sur le dessus de la tarte et saupoudrer de thym effeuillé. Enfourner et laisser cuire 25 minutes.

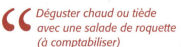

Déguster chaud ou tiède avec une salade de roquette (à comptabiliser)

plats

Légumes façon mille-feuille

Préparation : 10 min ♦ Cuisson : 20 min

pour 4 personnes
- 2 grosses carottes
- 6 gros champignons de Paris
- 2 gousses d'ail
- 1 CS de persil surgelé
- 12 tranches de bacon
- 40 g d'emmenthal râpé
- Sel, poivre

1 | Peler les carottes et les couper en très fines rondelles. Rincer les champignons et les émincer. Peler les gousses d'ail et les hacher.
2 | Dans une poêle, faire revenir les légumes sur une feuille de cuisson pendant 10 minutes à feu doux. Saupoudrer de persil et assaisonner.
3 | Préchauffer le four à 210 °C (th. 7). Dans un plat à gratin, recouvert d'une feuille de papier sulfurisé, disposer 4 rondelles de bacon les unes à côté des autres. Répartir un peu des légumes sur chaque tranche. Renouveler l'opération et terminer par une couche de bacon.
4 | Saupoudrer les mille-feuilles d'emmenthal râpé. Enfourner et laisser cuire environ 8 minutes.

salades et en-cas

effeuillée

cake

hot-dog

tartine

tartare

salades et en-cas

3,5 unités POINTS
par personne

Salade folle

Préparation : 15 min ♦ Cuisson : 15 min

pour 4 personnes
- 400 g de haricots verts
- 100 g de trévise
- 2 fonds d'artichauts en conserve
- 3 cc d'huile
- 1 cc de vinaigre de framboise
- 1 CS d'échalote
- 1/2 yaourt nature à 0 %
- 1 CS de cerfeuil
- 4 petits médaillons de foie gras (80 g)
- 8 brins de ciboulette
- Sel, poivre du moulin

1 | Équeuter les haricots verts, les rincer et les mettre dans le panier de cuisson d'un autocuiseur avec 3 verres d'eau et 1 pincée de sel. Fermer et laisser cuire 15 minutes à partir de la mise en rotation de la soupape. Laisser tiédir.

2 | Rincer et essorer les feuilles de salade, les émincer. Égoutter les fonds d'artichauts, les détailler en lamelles. Peler et hacher l'échalote, ciseler le cerfeuil.

3 | Dans un saladier, mélanger l'huile, le vinaigre, l'échalote et le yaourt. Saler et poivrer. Ajouter les haricots verts, la salade et les fonds d'artichauts. Parsemer de cerfeuil. Remuer délicatement.

4 | Répartir la salade sur 4 assiettes de service, décorer chacune d'un médaillon de foie gras et de petits tronçons de ciboulette. Déguster aussitôt.

salades et en-cas

Concombre sauce rose

Préparation : 15 min ♦ Réfrigération : 30 min

pour 4 personnes
- 10 cc d'œufs de lump rouges
- 1/2 yaourt nature à 0 %
- 1 CS de jus de citron
- 1 petit oignon blanc haché
- 1 et 1/2 concombre
- 12 miniblinis
- 1 CS d'aneth surgelé
- Sel, poivre

1 | Mixer 8 cuillerées à café d'œufs de lump avec le yaourt et le jus de citron dans un grand bol. Ajouter l'oignon et mélanger. Recouvrir de film alimentaire et réserver au frais pendant 30 minutes.
2 | Peler les concombres, les détailler en petits cubes. Les mettre dans un saladier, ajouter la sauce aux œufs de lump et mélanger. Rectifier l'assaisonnement en sel et poivrer.
3 | Toaster légèrement les miniblinis. Répartir la salade de concombre dans 4 petits bols, parsemer des œufs de lump restants et d'aneth ciselé, disposer un miniblini sur le dessus de chaque bol.

salades et en-cas

Salade César

Préparation : 20 min ♦ Cuisson : 10 min

pour 4 personnes
- 2 œufs moyens + 1 jaune
- 1 salade romaine
- 4 filets d'anchois à l'huile
- 60 g de parmesan
- 2 grandes tranches de pain de mie
- 5 cc d'huile d'olive
- 2 gousses d'ail
- 1 CS de jus de citron
- Sel, poivre

1 | Faire durcir les œufs 10 minutes à l'eau bouillante. Les rafraîchir, les écaler et les couper en quartiers.
2 | Laver et essorer la romaine. Rincer et essuyer les filets d'anchois. Les couper en petits morceaux. Râper 30 grammes de parmesan. Tailler le reste en fins copeaux avec un économe. Couper les tranches de pain de mie en dés.
3 | Faire chauffer 3 cuillerées à café d'huile dans une poêle antiadhésive avec 1 gousse d'ail écrasée. Ajouter les dés de pain. Les faire dorer 2 minutes, puis les tourner dans le parmesan râpé.
4 | Mélanger le jus de citron, la deuxième gousse d'ail pressée, le jaune d'œuf cru et 1 pincée de sel dans un saladier. Verser 2 cuillerées à café d'huile et 1 cuillerée à café d'eau en fouettant à la fourchette. Poivrer. Ajouter les anchois et les feuilles de romaine. Mélanger le tout.
5 | Servir aussitôt garni des œufs durs, des croûtons et des copeaux de parmesan.

salades et en-cas

Salade du Sud

Préparation : 15 min ♦ Réfrigération : 1 h

pour 4 personnes
- 1 petit melon
- 2 belles tomates
- 120 g de feta allégée
- 1 petit bouquet de basilic
- 1 citron non traité
- 4 cc d'huile d'olive
- Sel, poivre

1 | Couper le melon en quartiers et le vider. Retirer la chair et la couper en petits dés. Couper la tomate en petits dés et les laisser égoutter. Couper également la feta en dés.
2 | Dans un saladier, mélanger délicatement les dés de feta, de tomates et de melon.
3 | Ciseler le basilic et l'ajouter au contenu du saladier. Donner un tour de moulin à poivre. Laver le citron et râper finement son zeste au-dessus du saladier.
4 | Presser la moitié du citron, délayer le jus avec l'huile d'olive, et assaisonner la salade avec cette sauce. Servir très frais.

Tartine au chèvre frais

Préparation : 10 min ♦ Cuisson : 4 min (grille-pain)

pour 4 personnes
- 2/5 de baguette (100 g)
- 4 champignons de Paris
- 2 cc de jus de citron
- 120 g de fromage de chèvre frais, 1 cc d'ail surgelé, 1 cc d'échalote surgelée
- 4 bouquets de mâche
- Poivre du moulin

salades et en-cas

1 | Couper la baguette en deux dans le sens de la longueur, puis en deux dans le sens de la largeur. Toaster ces tartines au grille-pain 1 minute pour les faire dorer.

2 | Essuyer les champignons de Paris, enlever les pieds et émincer les têtes en fines lamelles, les citronner.

3 | Mélanger le fromage de chèvre frais avec l'ail et l'échalote. Tartiner les tranches de pain de cette préparation, les recouvrir de lamelles de champignons. Donner un tour de moulin à poivre. Décorer chaque tartine d'un bouquet de mâche.

par personne

Laitue surprise

Préparation : 15 min ♦ Réfrigération : 15 min

pour 4 personnes
- 1 laitue
- 1 cc d'huile d'olive
- 1 cc de vinaigre de Xérès
- 1/2 yaourt nature à 0 %
- 1 cc d'échalote surgelée
- 1 CS de ciboulette surgelée
- 240 g de crevettes
- 1 avocat
- 2 tomates
- 2 kiwis
- Le jus de 1/2 citron
- Sel, poivre du moulin

1 | Effeuiller, rincer et essorer la laitue. Tapisser 4 grands bols ou 4 petits saladiers individuels de feuilles en les faisant se chevaucher légèrement. Détailler les feuilles restantes en chiffonnade.

2 | Dans un saladier, mélanger l'huile, le vinaigre, le yaourt, l'échalote et la ciboulette, saler et poivrer. Ajouter la chiffonnade de laitue.

3 | Décortiquer les crevettes. Peler et dénoyauter l'avocat, puis le détailler en lamelles. Couper les tomates en petits quartiers. Peler les kiwis et les trancher en rondelles. Mettre ces ingrédients dans le saladier avec la chiffonnade, asperger de jus de citron et mélanger le tout.

4 | Répartir la préparation dans 4 bols ou saladiers individuels. Donner un tour de moulin à poivre. Réserver 15 minutes au réfrigérateur avant de servir.

salades et en-cas

4,5 unités POINTS par personne

Salade de poulet mariné à l'italienne

Préparation : 30 min ♦ Cuisson : 40 min ♦ Réfrigération : 12 h

pour 6 personnes
- 600 g de blancs de poulet sans peau
- 2 feuilles de laurier
- 10 grains de poivre
- 3 poivrons rouges
- 2 CS de pignons
- 2 CS de raisins blonds
- Le jus de 1 citron
- Le jus de 1 orange
- 2 CS de vinaigre balsamique
- 12 cc d'huile d'olive
- 6 clous de girofle
- 1 pointe de piment en poudre
- 150 g de roquette
- Sel

1 | Faire pocher les blancs de poulet 25 minutes dans une casserole d'eau bouillante salée avec les feuilles de laurier et les grains de poivre.
2 | Mettre les poivrons à griller sous le gril du four jusqu'à ce que la peau soit noircie par endroits (15 minutes environ). Les peler sous un filet d'eau froide, puis les épépiner et les couper en lanières.
3 | Faire dorer les pignons à sec (sans matière grasse) dans une poêle antiadhésive bien chaude. Laisser refroidir.
4 | Égoutter les blancs de poulet refroidis. Les couper en lamelles. Les mettre dans un plat creux avec les poivrons, les pignons et les raisins. Arroser des jus de citron et d'orange, de vinaigre et d'huile. Ajouter les clous de girofle et le piment.
5 | Couvrir et réserver 12 heures au réfrigérateur en retournant le poulet 2 à 3 fois.
6 | Servir frais sur un lit de roquette arrosée d'un peu de marinade.

salades et en-cas

Sandwich chaud

5,5 unités POINTS par personne

Préparation : 15 min ♦ Cuisson : 5 min

pour 4 personnes
- 1 baguette (250 g)
- 4 cc de moutarde
- 2 petites tomates en grappes
- 1 gros oignon blanc
- 1 cc d'huile
- 1 bouquet de basilic
- 4 saucisses de volaille
- 4 feuilles de batavia
- Sel, poivre du moulin

1 | Couper la baguette en 4 portions, les ouvrir sans détacher les deux moitiés et les toaster légèrement au grille-pain ou sous le gril du four. Enduire de moutarde une face de chaque portion de pain.

2 | Rincer et sécher les tomates, peler l'oignon, les détailler en fines rondelles. Faire chauffer l'huile dans une sauteuse antiadhésive, y faire griller légèrement les rondelles d'oignon, puis celles de tomate. Les étaler successivement sur le pain moutardé. Saler légèrement et donner un tour de moulin à poivre. Recouvrir de feuilles de basilic.

3 | Piquer les saucisses, les mettre dans un plat en verre culinaire avec 2 cuillerées à soupe d'eau, couvrir et faire cuire 1 minute au four à micro-ondes (800 W).

4 | Disposer les saucisses sur les légumes, recouvrir de 1 feuille de salade et refermer le pain en sandwich. Déguster tout de suite.

Remplacer les feuilles de basilic par de la ciboulette ciselée

salades et en-cas

Betteraves au surimi

Préparation : 15 min

pour 4 personnes
- 500 g de betteraves rouges cuites
- 1 CS de moutarde forte
- 3 cc d'huile
- 1 cc de jus de citron
- 1/2 yaourt nature à 0 %
- 8 bâtonnets de surimi
- 1 CS de ciboulette surgelée
- Sel, poivre

1 | Peler les betteraves, les détailler en cubes et les mettre dans un saladier.
2 | Dans un bol, mélanger la moutarde, l'huile, le jus de citron et le yaourt. Saler légèrement et poivrer.
3 | Verser cette sauce sur les betteraves et mélanger. Répartir la salade de betteraves dans 4 ramequins.
4 | Couper les bâtonnets de surimi en rondelles et les incorporer dans les ramequins. Parsemer de ciboulette et remuer délicatement. Servir tout de suite.

salades et en-cas

Cake au poulet et à l'estragon

Préparation : 15 min ♦ Cuisson : 45 min

pour 8 personnes
- 1 échalote
- 180 g d'escalopes de poulet
- 50 g d'estragon
- 2 petits œufs, 100 g de farine, 1 sachet de levure
- 4 cc d'huile,
- 15 cl de lait 1/2 écrémé
- 30 g de gruyère râpé allégé
- Sel, poivre

1 | Préchauffer le four à 180 °C (th. 6). Peler et émincer l'échalote et la faire revenir dans une poêle munie d'une feuille de cuisson. Ajouter le poulet et l'estragon et laisser cuire 5 minutes.

2 | Mélanger les œufs, la farine et la levure dans un saladier. Ajouter l'huile et le lait préalablement chauffé, puis le gruyère râpé.

3 | Mélanger et ajouter le poulet à l'estragon. Saler et poivrer. Verser le tout dans un moule et mettre au four pour 45 minutes.

Remplacer le poulet par de la dinde ou du lapin

Salade de la mer

Préparation : 15 min

pour 2 personnes
- 1 bulbe de fenouil, 2 tranches de saumon fumé, 1/2 concombre
- 240 g de crevettes
- 10 g de pignons de pin
- 2 cc de vinaigre balsamique, 3 cc d'huile d'olive
- 2 cc d'estragon surgelé, 1 botte de persil plat
- Sel, poivre

1 | Découper le fenouil en dés. Découper les tranches de saumon fumé en lamelles, et le concombre en rondelles. Décortiquer les crevettes.

salades et en-cas

2 | Placer ces ingrédients dans un saladier. Ajouter les pignons de pin et mélanger.
3 | Préparer la vinaigrette : mélanger le vinaigre balsamique et l'huile d'olive.
4 | Répartir la vinaigrette sur la salade, ajouter l'estragon et le persil ciselé. Saler, poivrer et mélanger l'ensemble.

Muffins au blé complet

Préparation : 15 min ♦ Cuisson : 15 min

pour 6 personnes
- 2 cc de levure de boulanger déshydratée (1/2 sachet)
- 4 cc de margarine à 60 %
- 160 g de farine de blé complète
- 1/2 cc de sel fin
- 1 petit œuf
- 10 cl de lait écrémé
- 1 cc d'huile

1 | Préchauffer le four à 200 °C (th. 6/7). Délayer la levure dans 2 cuillerées à soupe d'eau chaude et laisser reposer 10 minutes. Mettre la margarine à température ambiante pour la faire ramollir.
2 | Dans un récipient, tamiser la farine avec le sel. Creuser un puits, ajouter la margarine, la levure délayée et l'œuf. Mélanger en incorporant peu à peu le lait, jusqu'à obtenir une pâte épaisse et légèrement fluide.
3 | Huiler 6 moules à muffins d'une contenance de 7 centilitres. Les remplir aux trois quarts de pâte. Enfourner et laisser cuire 15 minutes. Laisser tiédir une dizaine de minutes à four éteint. Disposer les muffins sur une grille.

> *On peut utiliser aussi une plaque à petits pains anglais dont les alvéoles sont plus larges et moins hautes*

> *Conserver ces muffins dans une boîte hermétique pour éviter qu'ils ne se dessèchent. Les consommer avec une préparation salée : les farcir de thon ou de crudités (à comptabiliser)*

salades et en-cas

2,5 unités POINTS
par personne

Barquettes d'endives

Préparation : 15 min ♦ Réfrigération : 30 min

pour 4 personnes
- 2 endives
- 300 g de fromage blanc à 0 %
- 2 cc d'huile d'olive
- 1 cc d'ail surgelé
- 2 CS d'échalote surgelée
- 2 CS de jus de citron
- 1 CS de ciboulette surgelée
- 1 boîte de filets de sardines sans arêtes et sans huile au citron (200 g)
- 12 bouquets de mâche
- Sel, poivre du moulin

1 | Effeuiller les endives, étaler 12 feuilles un peu creuses sur le plan de travail, les égaliser.
2 | Mélanger le fromage blanc avec l'huile d'olive, l'ail, l'échalote, le jus de citron et la ciboulette. Saler et poivrer. Étaler la préparation sur les feuilles d'endive.
3 | Égoutter les filets de sardines, les couper en morceaux et les répartir sur les barquettes d'endives. Décorer chaque barquette de 3 petits bouquets de mâche. Réserver au frais 30 minutes avant de servir.

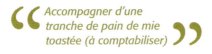

Accompagner d'une tranche de pain de mie toastée (à comptabiliser)

salades et en-cas

Salade périgourdine

Préparation : 15 min ♦ Cuisson : 10 min

pour 4 personnes
- 4 cc d'huile de noix
- 1/2 yaourt nature à 0 %
- 1 cc de jus de citron
- 1 CS de ciboulette surgelée
- 1 cœur de frisée
- 250 g de girolles surgelées
- 1 CS d'échalote surgelée
- 1 barquette de magret de canard fumé en tranches (90 g)
- Sel, poivre

1 | Dans un saladier, délayer 3 cuillerées à café d'huile avec le yaourt et le jus de citron. Saler, poivrer et incorporer la ciboulette.
2 | Détacher les feuilles de la salade, les rincer, les essorer et les ajouter dans le saladier. Mélanger.
3 | Mettre une sauteuse antiadhésive sur feu vif. Quand elle est chaude, ajouter les girolles et leur faire rendre leur eau tout en mélangeant. Les égoutter et les réserver.
4 | Essuyer la poêle, y faire chauffer 1 cuillerée à café d'huile, ajouter les girolles et l'échalote, faire cuire 4 minutes à feu moyen tout en remuant. Saler et poivrer.
5 | Ajouter les girolles dans le saladier et remuer délicatement.
6 | Décoller les tranches de magret les unes des autres et enlever la partie grasse, les répartir dans la salade. Servir tout de suite.

salades et en-cas

Effeuillée de cabillaud aux herbes

Préparation : 15 min ♦ Cuisson : 10 min

pour 4 personnes
- 1 cube de bouillon aux herbes et à l'huile d'olive
- 400 g de filets de cabillaud
- 250 g de champignons de Paris bien fermés
- Le jus de 1/2 citron
- 8 CS de crème à 4 % ou 5 %
- 2 gouttes de Tabasco
- 1 cc de ciboulette surgelée
- 1 cc d'estragon surgelé
- 1 cc de coriandre surgelée
- 1 CS de câpres
- Sel, poivre du moulin

1 | Dans une cocotte, verser 50 centilitres d'eau, ajouter le cube de bouillon et porter à ébullition. Y faire pocher les filets de cabillaud 10 minutes à feu doux. Laisser tiédir dans le bouillon.

2 | Pendant ce temps, essuyer les champignons, éliminer les pieds et couper les têtes en fines lamelles. Mettre les lamelles de champignons dans un plat creux, saler et poivrer, puis asperger de jus de citron.

3 | Égoutter les filets de cabillaud, les effeuiller et les ajouter dans le plat.

4 | Dans un bol, mélanger la crème et le Tabasco. Verser cette sauce dans le plat, parsemer d'herbes et remuer le tout délicatement. Décorer de câpres. Servir tout de suite.

salades et en-cas

Salade de couscous au surimi

Préparation : 20 min ♦ Réfrigération : 1 + 3 h

pour 4 personnes
- 250 g de semoule à couscous (grain moyen)
- Le jus de 3 citrons
- 16 bâtonnets de surimi
- 1 botte d'oignons blancs
- 4 tomates
- 1/2 bouquet de menthe
- 1 cc de coriandre fraîche
- 3 CS d'huile d'olive
- Sel, poivre

1 | Mettre la semoule dans un saladier. Verser 20 centilitres d'eau bouillante salée. Laisser gonfler les grains et arroser avec le jus de citron. Couvrir et réserver au réfrigérateur 3 heures.

2 | Couper les bâtonnets de surimi en petits tronçons. Peler et hacher les oignons. Couper les tomates en deux, éliminer les graines et les couper en dés.

3 | Remuer la semoule avec une fourchette. Ajouter le surimi, les oignons, les tomates et les herbes. Saler, poivrer. Arroser d'huile. Mélanger le tout et placer 1 heure au réfrigérateur.

Salade de betteraves aux noix

Préparation : 15 min

pour 4 personnes
- 10 cerneaux de noix, 3 pommes
- 250 g de betteraves cuites
- 4 cc d'huile de noix
- Le jus de 1/2 citron
- 2 CS de ciboulette surgelée
- Salade verte
- Sel, poivre

1 | Hacher les noix. Détailler les pommes et les betteraves en dés. Dans un bol, mélanger l'huile, le jus de citron et la ciboulette. Saler et poivrer.

salades et en-cas

2 | Laver et essorer la salade. Dresser les assiettes en commençant par la salade verte, ajouter les betteraves, puis les pommes.

3 | Répartir la sauce dans les assiettes et saupoudrer de noix hachées.

Salade de pommes de terre aux fruits de mer

Préparation : 30 min ♦ Cuisson : 20 min

pour 6 personnes
- 600 g de pommes de terre
- 1 verre de vin blanc sec (10 cl)
- 900 g de moules
- 240 g de queues de langoustines décortiquées
- 120 g de crevettes grises décortiquées
- 1 CS de vinaigre
- 1 cc de moutarde
- 2 cc de mayonnaise
- 1 CS de crème à 15 %
- 6 cc d'huile
- 1 échalote
- 2 CS d'estragon surgelé
- Sel, poivre

1 | Faire cuire les pommes de terre non pelées 20 minutes dans le panier d'un cuit-vapeur. Les peler encore chaudes, les couper en rondelles et les arroser de la moitié du vin blanc légèrement salé. Réserver.

2 | Porter le reste de vin à ébullition dans un faitout à feu vif. Ajouter les moules. Les faire cuire 4 à 5 minutes en les retournant 2 fois avec l'écumoire jusqu'à ce qu'elles s'ouvrent.

3 | Laisser tiédir les moules, puis les décoquiller. Réserver le jus de cuisson.

4 | Mélanger le vinaigre, 2 cuillerées à soupe du jus des moules, la moutarde, la mayonnaise, la crème et l'huile dans un saladier. Saler, poivrer.

5 | Peler et hacher l'échalote, puis la mettre dans le saladier. Ajouter les pommes de terre tiédies et tous les fruits de mer. Mélanger pour les enrober de sauce. Servir de préférence tiède parsemé d'estragon ciselé.

salades et en-cas

Tartare de légumes

Préparation : 15 min ♦ Réfrigération : 30 min

pour 4 personnes
- 300 g de tomates
- 100 g de poivron jaune
- 100 g d'oignon blanc
- 8 filets d'anchois à l'huile
- 2 cc d'huile d'olive
- 2 cc de jus de citron
- 2 petits-suisses à 0 %
- 1 CS de ciboulette surgelée
- Sel, poivre

1 | Ébouillanter les tomates, les peler et les couper en petits dés. Saler et laisser les dés s'égoutter dans une passoire.
2 | Épépiner le poivron, peler l'oignon, les couper en petits dés à l'aide d'un couteau fin ou d'un appareil à découpe culinaire. Rincer et éponger les filets d'anchois, les couper en petits morceaux.
3 | Dans un saladier, mélanger l'huile d'olive, le jus de citron, les petits-suisses, la ciboulette et les anchois.
4 | Incorporer les dés de légumes, donner un tour de moulin à poivre et remuer délicatement. Couvrir de film alimentaire et réserver 30 minutes au réfrigérateur.

" Servir avec des tranches de pain grillées (à comptabiliser) "

salades et en-cas

Salade de quatre graines aux crevettes

Préparation : 30 min ♦ Cuisson : 30 min ♦ Repos : 15 min

pour 6 personnes
- 90 g de lentilles vertes
- 90 g de blé précuit
- 90 g de riz basmati
- 150 g de petits pois (frais ou surgelés)
- 240 g de crevettes roses décortiquées
- 1 CS de jus de citron
- 5 cc d'huile d'olive
- 1 échalote
- 2 cc de vinaigre balsamique
- 1 CS de jus de légumes
- 1 cc de moutarde forte
- 1/2 botte de ciboulette
- Sel, poivre

1 | Mettre les lentilles dans une casserole d'eau froide. Laisser cuire 30 minutes. Saler à mi-cuisson.
2 | Pendant ce temps, faire cuire ensemble le blé, le riz et les petits pois 10 minutes à l'eau bouillante salée. Les rafraîchir et les égoutter.
3 | Arroser les crevettes de jus de citron et de 2 cuillerées à café d'huile d'olive. Réserver 15 minutes. Peler et hacher finement l'échalote.
4 | Mélanger le vinaigre, le jus de légumes, la moutarde et 2 pincées de sel dans un saladier. Verser l'huile restante en fouettant à la fourchette. Donner un tour de moulin à poivre.
5 | Égoutter les lentilles, les laisser tiédir et les mettre dans le saladier. Ajouter les échalotes, le blé, le riz, les petits pois et les crevettes. Mélanger le tout. Servir cette salade à température ambiante parsemée de ciboulette ciselée.

salades et en-cas

Salade de thon mi-cuit et légumes du jardin

Préparation : 30 min ♦ Cuisson : 20 min

pour 6 personnes
- 600 g de haricots verts
- 3 œufs moyens
- 600 g de filet de thon coupé en steaks de 2 cm d'épaisseur
- 4 cc d'huile d'olive
- 1 CS de jus de citron
- 1 CS de vinaigre de Xérès
- 1 CS de jus de légumes
- 1 cc de pâte d'anchois
- 1 oignon rouge
- 250 g de tomates cerises
- 12 olives vertes farcies au poivron
- 2 pincées de piment d'Espelette
- 2 CS de ciboulette surgelée
- Sel

1 | Équeuter les haricots verts. Les cuire 8 minutes à l'eau bouillante salée. Les rafraîchir sous un jet d'eau froide (pour stopper net la cuisson et les garder bien verts), puis les égoutter.

2 | Faire durcir les œufs 10 minutes à l'eau bouillante. Les passer sous l'eau froide, les écaler et les couper en quartiers.

3 | Huiler les steaks de thon avec 1 cuillerée à café d'huile. Les saisir 2 minutes par face dans une poêle antiadhésive bien chaude. Laisser tiédir, puis les couper en lamelles. Les saler légèrement.

4 | Mélanger dans un bol le jus de citron, le vinaigre, le jus de légumes, la pâte d'anchois et 3 cuillerées à café d'huile. Assaisonner les haricots verts de la moitié de cette sauce.

5 | Peler et émincer l'oignon, couper les tomates en deux. Les répartir sur 6 assiettes avec les haricots verts, les tranches de thon, les olives et les œufs durs. Arroser du reste de sauce.

6 | Servir à température ambiante, saupoudré de piment d'Espelette et parsemé de ciboulette.

salades et en-cas

Salade d'avocat

Préparation : 20 min

pour 6 personnes
- 2 pamplemousses, 2 kiwis
- 2 avocats, 1 laitue
- Le jus de 1 citron
- 6 CS de crème fraîche à 4 % ou 5 %
- 6 cc d'huile
- Sel, poivre

1 | Éplucher les pamplemousses et les kiwis, puis les couper en rondelles. Les mettre délicatement dans un saladier en verre transparent.
2 | Couper les avocats en deux. Retirer le noyau et l'écorce. Émincer chaque moitié en fines lamelles. Couper la laitue en lanières. Ajouter le tout dans le saladier.
3 | Préparer la sauce : mélanger le jus de citron, du sel, du poivre et la crème fraîche battue avec l'huile. Servir bien frais.

Minicakes aux tomates séchées

Préparation : 10 min ♦ Cuisson : 15 min

pour 4 personnes
- 80 g de farine complète, 1/2 sachet de levure chimique
- 2 petits œufs, 5 cl de lait écrémé
- 100 g de tomates séchées (sans huile)
- 8 tranches de bacon
- Quelques gouttes de Tabasco
- Sel

1 | Préchauffer le four à 180 °C (th. 6).
2 | Mélanger la farine et la levure. Ajouter les œufs, le lait et saler. Mélanger jusqu'à obtenir une pâte fluide.

salades et en-cas

3 | Ciseler les tomates séchées et le bacon en petits morceaux. Les incorporer dans la pâte. Assaisonner avec le Tabasco.
4 | Verser la pâte dans 8 petits moules en silicone. Enfourner et laisser cuire 15 minutes.

Cake de courgette et chèvre

Préparation : 10 min ♦ Cuisson : 50 min

pour 6 personnes
- 2 belles courgettes (environ 500 g)
- 6 tranches de bacon
- Origan
- 120 g de farine
- 1 sachet de levure
- 3 petits œufs
- 4 cc d'huile
- 12,5 cl de lait 1/2 écrémé
- 90 g de fromage de chèvre frais
- Sel, poivre

1 | Préchauffer le four à 180 °C (th. 6). Découper les courgettes en rondelles et les passer au four à micro-ondes durant 4 minutes.
2 | Les mettre dans une poêle pour continuer la cuisson. Ajouter le bacon finement découpé, de l'origan, saler, poivrer et laisser dorer.
3 | Dans un saladier, mettre la farine et la levure, incorporer les œufs, l'huile et le lait.
4 | Ajouter les courgettes, le bacon et le fromage de chèvre découpés en petits morceaux. Verser le tout dans un moule à cake, enfourner et laisser cuire durant 45 minutes.

> *Pour aller plus vite, utiliser des courgettes surgelées et déjà découpées*

salades et en-cas

Coupes acidulées au crabe

Préparation : 15 min ♦ Réfrigération : 1 h

pour 4 personnes
- 2 pommes Granny Smith
- 1 concombre
- 1 pamplemousse rose
- 3 CS de mayonnaise allégée
- 240 g de crabe (poids net égoutté)
- 120 g de queues de crevettes décortiquées
- Sel, poivre

1 | Couper les pommes en quatre en ôtant le cœur, puis fendre le concombre en deux en enlevant les graines. Détailler le tout en julienne.
2 | Peler le pamplemousse et le couper en quartiers en enlevant les membranes de peau. Couper les quartiers en deux. Écraser un tiers des quartiers à travers une passoire pour en récupérer le jus. Verser ce jus dans un bol et le mélanger à la mayonnaise.
3 | Dans un saladier, verser les bâtonnets de pomme et de concombre, les morceaux de pamplemousse restants, le crabe émietté et les queues de crevettes.
4 | Arroser avec la sauce, poivrer et mélanger délicatement. Présenter dans des coupes ou des verres. Réfrigérer 1 heure avant de servir.

salades et en-cas

Émincé de chou

Préparation : 30 min

pour 4 personnes
- 400 g de chou blanc
- 4 tranches de jambon de volaille à 4 %
- 2 CS de raisins secs
- 3 CS de fromage blanc à 0 %
- 1 CS de mayonnaise
- 1 cc de curry en poudre
- Quelques pluches de persil frisé (facultatif)
- Sel, poivre

1 | Laver le chou avant de l'émincer en fines lanières. Pour l'émincer plus facilement, rouler les feuilles dans le sens de la largeur et couper de fines lanières à l'aide d'un couteau tranchant.
2 | Procéder de la même façon pour le jambon de dinde.
3 | Placer le tout dans un plat. Ajouter les raisins, le fromage blanc, la mayonnaise et le curry. Assaisonner.
4 | Décorer éventuellement avec le persil et servir bien frais.

salades et en-cas

Tomates croustillantes

Préparation : 10 min ♦ Cuisson : 5 min

pour 4 personnes
- 4 feuilles de brick
- 1 CS d'huile d'olive
- 8 tomates moyennes
- 2 CS de basilic surgelé
- 50 g de mozzarella
- 4 brins de thym frais (facultatif)
- Fleur de sel, poivre du moulin

1 | Préchauffer le four à 240 °C (th. 8).
2 | Couper les feuilles de brick en quatre, les badigeonner d'huile à l'aide d'un pinceau. Les faire dorer au four pendant 2 à 3 minutes.
3 | Couper les tomates en dés et les placer dans un saladier. Assaisonner. Ajouter le basilic. Bien mélanger et réserver au frais.
4 | Découper la mozzarella en petits dés et réserver au frais.
5 | Au moment de servir, verser un peu du mélange de tomates sur 2 feuilles de brick. Recouvrir d'une feuille de brick. Renouveler l'opération.
6 | Saupoudrer de mozzarella. Décorer éventuellement chaque feuilleté d'un brin de thym.

salades et en-cas

Cake aux légumes

Préparation : 15 min ♦ Cuisson : 30 min

pour 4 personnes
- 400 g de blancs de poireaux surgelés
- 250 g de carottes
- 1/4 de boule de céleri-rave
- 1 petit poivron rouge
- 20 g de Maïzena
- 3 petits œufs
- 15 cl de lait de soja
- 3 ou 4 bouquets de brocoli surgelé
- 40 g de gruyère râpé

1 | Préchauffer le four à 200 °C (th. 6/7). Porter une grande casserole d'eau salée à ébullition.
2 | Éplucher les carottes, le céleri et le poivron, puis les couper en dés ou les passer au robot pour les râper en grosse julienne. Les ébouillanter pendant 5 minutes ou les faire cuire 10 minutes au cuit-vapeur, en ajoutant les blancs de poireaux surgelés.
3 | Mélanger ensemble la Maïzena, les œufs et le lait, saler. Verser dans un moule à cake antiadhésif. Ajouter les bouquets de brocoli.
4 | Égoutter les légumes, les ajouter dans le moule. Saupoudrer avec le gruyère.
5 | Glisser au four et laisser cuire 25 minutes. Servir chaud ou froid.

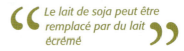

Le lait de soja peut être remplacé par du lait écrémé

Ce plat peut être préparé à l'avance

salades et en-cas

Salade Brazil

Préparation : 10 min

pour 4 personnes
- 1 batavia
- 12 radis
- 1 boîte d'ananas en conserve sans sucre ajouté
- 1 boîte de cœurs de palmier
- 1 petit avocat
- Le jus de 1 citron
- Quelques feuilles de coriandre fraîche
- 4 cc de miel liquide
- 4 cc d'huile d'olive
- 1 pincée de sel
- Tabasco (facultatif)

1 | Laver la salade, puis la couper en chiffonnade. Laver les radis, puis les couper en rondelles.
2 | Égoutter les tranches d'ananas et les cœurs de palmier, les couper en gros morceaux. Couper l'avocat en deux. Retirer le noyau et l'écorce. Émincer chaque moitié en fines lamelles, les citronner légèrement.
3 | Sur de jolies assiettes creuses, répartir la salade, les radis, l'ananas, les cœurs de palmier et l'avocat. Ciseler la coriandre.
4 | Mélanger le jus de citron restant, le miel, l'huile d'olive, le sel, la coriandre et le Tabasco. Répartir cette sauce sur les assiettes juste avant de servir.

salades et en-cas

Rémoulade de céleri, châtaignes et pommes

Préparation : 20 min ♦ Réfrigération : 1 h

pour 6 personnes
- 500 g de céleri-rave
- 2 pommes Granny Smith
- Le jus de 1/2 citron
- 6 châtaignes cuites
- 1 branche d'estragon frais

pour la sauce
- 2 échalotes
- 1 CS de cornichons
- 1 CS de moutarde
- 1 CS de vinaigre
- 2 cc d'estragon surgelé
- 1 CS de câpres
- 8 CS de fromage blanc à 20 %
- Sel, poivre du moulin

1 | Laver le céleri-rave et le citronner. Le râper un peu épais avec une râpe à gros trous. Le faire blanchir 2 minutes dans de l'eau bouillante, l'égoutter, le passer sous l'eau froide et l'égoutter à nouveau.

2 | Préparer la sauce rémoulade : peler et émincer finement les échalotes, couper les cornichons en morceaux. Dans un saladier, incorporer tous les ingrédients au fromage blanc. Ajouter le céleri et mélanger.

3 | Laver les pommes, les essuyer et les couper en quatre, puis en dés réguliers sans les peler. Les arroser du jus de citron pour les empêcher de noircir et les mettre dans le saladier avec le céleri.

4 | Ajouter les châtaignes coupées en deux et mélanger délicatement. Laisser reposer 1 heure au réfrigérateur.

5 | Parsemer d'estragon effeuillé avant de servir.

salades et en-cas

Salade tiède de gambas aux fèves

Préparation : 10 min ♦ Cuisson : 20 min

pour 6 personnes
- 1 petit oignon rouge
- 1 bouquet de ciboulette
- 3 CS d'huile d'olive
- 600 g de fèves écossées décongelées
- 15 cl de bouillon
- 18 gambas (1,2 kg) cuites et non décortiquées
- 1 CS de vinaigre balsamique
- Sel, poivre vert

1 | Peler et émincer l'oignon. Laver et ciseler la moitié de la ciboulette.

2 | Mettre 1 cuillerée à soupe d'huile dans une grande poêle. Y faire revenir l'oignon et les fèves 2 minutes à feu doux. Ajouter le bouillon, couvrir et laisser mijoter pendant 15 minutes. Égoutter les fèves et réserver au chaud.

3 | Décortiquer les gambas en prenant soin de garder le dernier anneau de la carapace et la queue. Les saisir dans 1 cuillerée à soupe d'huile, à feu vif pendant 3 à 4 minutes suivant leur taille.

4 | Préparer la vinaigrette : mélanger le sel, le poivre, le vinaigre, 2 cuillerées à soupe d'huile, la ciboulette ciselée et émulsionner à la fourchette. Verser sur le plat de fèves et mélanger.

5 | Mettre les fèves dans des assiettes creuses, disposer les gambas sur le dessus et décorer avec le reste de ciboulette. Déguster tiède.

mousse

charlotte

clafoutis

desserts

muffins

tuiles

tartelettes

desserts

Charlotte aux myrtilles

Préparation : 20 min ♦ Réfrigération : 10 h

pour 6 personnes
- 4 feuilles de gélatine
- 350 g de myrtilles surgelées
- Le jus de 1/2 citron
- 6 CS d'édulcorant en poudre
- 300 g de fromage blanc à 20 %
- Le jus de 1 orange
- 20 biscuits à la cuiller (140 g)

1. Faire tremper les feuilles de gélatine dans un bol d'eau froide. Réserver 50 grammes de myrtilles dans un bol, mettre les autres dans un récipient en verre culinaire et les passer 2 minutes au four à micro-ondes (800 W) pour les faire dégeler. Les mixer avec le jus de citron. Ajouter l'édulcorant et mélanger.
2. Faire chauffer 5 centilitres de coulis de myrtilles, y diluer la gélatine essorée et verser ce mélange dans le reste de coulis.
3. Mettre le fromage blanc dans un saladier, verser peu à peu le coulis de myrtilles à la gélatine tout en fouettant pour bien mélanger. Laisser épaissir un peu au frais.
4. Verser le jus d'orange dans une assiette creuse, y faire tremper rapidement les biscuits.
5. Tapisser un petit moule à charlotte de film alimentaire. Disposer les biscuits, partie bombée vers l'extérieur, contre les parois et le fond du moule. Remplir de crème de myrtilles en introduisant quelques myrtilles entières. Terminer par une couche de biscuits, partie plate vers l'extérieur. Recouvrir d'une assiette plate pour tasser. Réserver au frais pendant 10 heures.
6. Au moment de servir, retourner le moule sur le plat de service et enlever le film.

> *Accompagner d'un coulis de framboises ou d'une crème anglaise légère (à comptabiliser)*

desserts

par personne

Manqué du verger

Préparation : 15 min ♦ Cuisson : 30 min

pour 6 personnes
- 2 pommes (300 g)
- 2 poires (300 g)
- 1 cc de margarine à 40 %
- 100 g de farine
- 1 sachet de levure
- 20 g de fécule
- 3 petits œufs
- 6 CS d'édulcorant de cuisson en poudre
- 100 g de lait 1/2 écrémé concentré non sucré à 4 %
- 1 pincée de sel

1 | Préchauffer le four à 200 °C (th. 6/7). Peler et épépiner les pommes et les poires, les couper en dés. Graisser un moule antiadhésif de 24 centimètres de diamètre avec la margarine.

2 | Tamiser la farine, la levure et la fécule, ajouter le sel. Dans un saladier, battre les œufs avec l'édulcorant. Ajouter le mélange farine-fécule et mélanger en incorporant peu à peu le lait concentré. Continuer de battre jusqu'à obtenir une pâte homogène.

3 | Répartir les fruits dans le moule. Recouvrir de la pâte. Enfourner pour 30 minutes en surveillant la cuisson. Démouler sur une grille et laisser tiédir.

desserts

par personne

Petites tatin de poires

Préparation : 15 min ♦ Cuisson : 21 min

pour 4 personnes
- 4 poires
- 20 cl de jus d'orange pressé
- 1/2 cc d'édulcorant liquide de cuisson
- 1/4 cc de cannelle en poudre
- 150 g de pâte feuilletée allégée à 20 %

1 | Préchauffer le four à 180 °C (th. 6). Peler et épépiner les poires, les couper en grosses lamelles. Les mettre dans une sauteuse avec le jus d'orange et l'édulcorant de cuisson, faire cuire à feu doux 6 minutes.

2 | Égoutter les morceaux de poire, les réserver sur du papier absorbant. Récupérer le jus de cuisson et le faire réduire 4 à 5 minutes pour le faire caraméliser.

3 | Répartir harmonieusement les quartiers de fruits dans 4 moules à tartelettes de 8 centimètres de diamètre. Saupoudrer légèrement de cannelle.

4 | Découper 4 disques de 12 centimètres de diamètre dans la pâte feuilletée, les piquer à l'aide d'une fourchette et les disposer sur les poires, introduire le rebord à l'intérieur. Enfourner pour 10 minutes.

5 | Pour servir, démouler les tartelettes en les retournant sur des assiettes de service. Napper de coulis d'orange réduit. Servir tiède ou froid.

> *Accompagner d'une boule de sorbet à la poire (à comptabiliser)*

desserts

Tuiles au café

2,5 unités POINTS par personne

Préparation : 15 min ♦ Cuisson : 6 min

pour 4 personnes (16 tuiles)
- 1 œuf entier + 1 blanc
- 3 CS de farine (60 g)
- 4 CS de fécule (48 g)
- 20 g de sucre
- 1 CS de café soluble
- 1 cc de matière grasse à 40 %
- 1 cc de sel

1 | Préchauffer le four à 180 °C (th. 6). Séparer le blanc du jaune d'œuf, réserver le jaune. Battre les 2 blancs en neige avec le sel.
2 | Mélanger la farine, la fécule, le sucre et le café soluble. Ajouter la moitié de la neige puis le jaune d'œuf, mélanger au fur et à mesure, puis incorporer le reste de blanc en neige de façon à obtenir une pâte semi-épaisse (qui ne coule pas trop).
3 | Graisser une tôle antiadhésive avec la matière grasse. Y déposer de petites cuillerées à soupe de pâte en veillant à ce qu'elles ne se touchent pas et les aplatir avec le dos d'une fourchette (effectuer 2 fournées). Enfourner pour 3 minutes.
4 | Disposer les tuiles sur un cylindre pour les faire sécher en leur faisant prendre une forme courbe.

desserts

Tartelettes aux griottes

Préparation : 15 min ♦ Cuisson : 15 min

pour 4 personnes
- 150 g de pâte feuilletée allégée
- 400 g de griottes au sirop léger
- 10 g de pralin

1 | Préchauffer le four à 180 °C (th. 6). Étaler la pâte et y découper 4 cercles de 12 centimètres de diamètre, en garnir 4 moules à tartelette de 8 centimètres de diamètre. Les remplir de pois chiches ou de haricots secs et enfourner pour 10 minutes.
2 | Enlever les pois chiches ou les haricots secs, égoutter les griottes et les répartir sur les tartelettes. Saupoudrer chaque tartelette de 1 cuillerée à café de pralin. Enfourner pour 5 minutes.
3 | Démouler les tartelettes et les laisser tiédir sur une grille.

> *Accompagner d'une boule de glace à la vanille ou à la pistache (à comptabiliser)*

desserts

4 unités POINTS. par personne

Cake à la farine de châtaignes

Préparation : 15 min ♦ Cuisson : 45 min

pour 6 personnes
- 15 cc de beurre ramolli
- 7 CS de sucre glace
- 3 œufs moyens
- 7 CS de farine pour gâteau (avec poudre levante incorporée)
- 3 CS de farine de châtaignes (dans les épiceries bio)
- 30 g d'écorces d'orange confites
- 40 g d'amandes mondées
- 4 CS de raisins secs
- 1/2 gousse de vanille
- 1 CS d'amandes effilées
- 1 pincée de sel

1 | Mélanger le beurre ramolli et le sucre glace jusqu'à ce que la préparation soit crémeuse. Ajouter les œufs l'un après l'autre en mélangeant, puis incorporer les 2 farines et le sel.
2 | Préchauffer le four à 180 °C (th. 6). Rincer et essuyer les écorces confites. Les hacher avec les amandes mondées. Les ajouter à la pâte ainsi que les raisins secs et les grains de vanille (grattés avec la pointe d'un couteau).
3 | Verser dans un moule à cake antiadhésif (il est inutile de le graisser). Parsemer la surface d'amandes effilées. Enfourner et laisser cuire 30 minutes.
4 | Baisser le four à 150 °C (th. 5). Poursuivre la cuisson 15 minutes. Laisser reposer 5 minutes, puis démouler et laisser refroidir le cake sur une grille. Couper en 12 tranches.

desserts

3,5 unités POINTS par personne

Clafoutis au duo de fruits

Préparation : 10 min ♦ Cuisson : 45 min

pour 6 personnes
- 250 g de cerises sucrées dénoyautées
- 250 g de pêches bien mûres
- 2 CS de rhum ambré
- 4 petits œufs
- 5 CS d'édulcorant de cuisson en poudre
- 4 CS de farine
- 15 cl de crème liquide à 5 %
- 10 cl de lait écrémé

1 | Peler les pêches, puis les couper en petits quartiers. Les faire sauter à la poêle avec les cerises sur feu moyen pendant 3 minutes.
2 | Ajouter le rhum dans la poêle et faire flamber les fruits. Préchauffer le four à 180 °C (th. 6).
3 | Dans un saladier, blanchir au fouet les œufs et l'édulcorant de cuisson. Ajouter la farine toujours en remuant bien. Dès que le mélange est homogène, incorporer la crème et le lait. Ajouter les fruits.
4 | Verser la préparation dans un moule en terre rectangulaire (de 25 centimètres de long) légèrement fariné. Enfourner et laisser cuire 40 minutes.
5 | Si nécessaire, monter le four à 210 °C (th. 7) pour faire dorer la surface. Terminer la cuisson pendant 5 minutes. Servir tiède.

desserts

Croquant de framboises à la rose

Préparation : 10 min ♦ Cuisson : 2 min

pour 4 personnes
- 1 CS de thé parfumé à la rose + 1 pincée pour la décoration
- 4 feuilles de brick
- 2 yaourts à la grecque nature
- 2 CS d'édulcorant en poudre
- 500 g de framboises

1 | Préchauffer le four à 180 °C (th. 6).
2 | Sur feu modéré faire infuser le thé dans une petite casserole contenant 10 centilitres d'eau. Laisser réduire de moitié, puis laisser refroidir.
3 | Pendant ce temps, découper chaque feuille de brick en quatre. Les faire dorer au four pendant 2 minutes environ, puis les laisser refroidir.
4 | Battre les yaourts avec l'édulcorant. Ajouter alors la réduction de thé.
5 | Sur une assiette de service, monter le feuilleté en disposant en alternance les feuilles de brick et les framboises.
6 | Entourer ce feuilleté d'un cordon du mélange yaourt/thé. Saupoudrer de quelques brins de thé pour décorer.

desserts

par personne

Poires épicées en verrines

Préparation : 40 min ♦ Cuisson : 15 min ♦ Réfrigération : 3 h

pour 4 personnes
pour la mousse au chocolat
- 200 g de chocolat noir
- 6 blancs d'œufs
- 1 pincée de sel

pour les poires aux épices
- Le jus de 1 citron
- 4 poires
- 1 gousse de vanille
- 1 clou de girofle
- 2 gousses de cardamome
- Édulcorant (facultatif)

1 | Préparer la mousse au chocolat : faire fondre au bain-marie le chocolat cassé en morceaux avec 3 cuillerées à soupe d'eau. Laisser tiédir.

2 | Ajouter le sel dans les blancs d'œufs et les battre en neige très ferme. Avec une spatule, incorporer délicatement un tiers des blancs d'œufs en neige dans le chocolat. Ajouter le reste progressivement en soulevant la préparation de bas en haut pour bien répartir le chocolat sans « casser » les blancs.

3 | Placer la mousse au réfrigérateur et la faire prendre 3 heures au minimum.

4 | Verser 20 centilitres d'eau et le jus de citron dans une casserole. Faire bouillir. Peler les poires et les couper en petits dés.

5 | Ajouter la gousse de vanille et les épices, puis les poires au contenu de la casserole. Laisser cuire 10 à 15 minutes à feu doux en surveillant régulièrement. Édulcorer, éventuellement, les poires cuites. Laisser refroidir.

6 | Prendre des verres de 10 à 12 centimètres de haut, les remplir en alternance de mousse au chocolat et de poires. Terminer par une couche de poires. Décorer avec un quart de gousse de vanille. Servir bien frais.

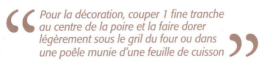

Pour la décoration, couper 1 fine tranche au centre de la poire et la faire dorer légèrement sous le gril du four ou dans une poêle munie d'une feuille de cuisson

desserts

5,5 unités POINTS par personne

Risotto au lait de coco

Préparation : 5 min ♦ Cuisson : 40 min

pour 4 personnes
- 200 g de riz rond (type arborio)
- 10 g de beurre
- 1/2 gousse de vanille
- 100 g de lait 1/2 écrémé concentré non sucré
- 1 boîte de 40 cl de lait de coco
- 70 cl de lait écrémé
- Édulcorant en poudre
  (quantité selon la sensation sucrée désirée)
- 2 CS de noix de coco râpée (facultatif)

1 | Dans une grande poêle, faire fondre le beurre. Ajouter le riz. Remuer jusqu'à ce qu'il devienne translucide. Ajouter la gousse de vanille fendue en deux.
2 | Dans un grand saladier, mélanger les 3 laits.
3 | Placer la poêle sur feu doux et y verser un quart du liquide à l'aide d'une louche. Mélanger délicatement jusqu'à ce que le liquide soit absorbé.
4 | Ajouter progressivement du liquide pour bien imprégner l'ensemble et maintenir le riz humide sans le noyer.
5 | Continuer à mélanger et à arroser régulièrement le risotto pendant 40 minutes (selon le type de riz), jusqu'à ce qu'il soit tendre et crémeux. Ajouter l'édulcorant.
6 | Dans une poêle chaude, faire dorer la noix de coco râpée, sans matière grasse.
7 | Décorer de noix de coco râpée et servir tiède.

desserts

Flamusse aux pommes et raisins blonds

Préparation : 15 min ♦ Cuisson : 15 min

pour 6 personnes
- 3 CS de raisins secs blonds
- 1 CS de rhum
- 2 grosses pommes
- 4 cc de beurre
- 4 œufs moyens
- 4 CS de sucre en poudre
- 2 CS de farine pour gâteaux (avec poudre levante incorporée)
- 20 cl de lait entier
- 1 pincée de sel

1 | Mettre les raisins dans une petite casserole avec le rhum. Chauffer à feu doux. Hors du feu, faire flamber. Couvrir et réserver.
2 | Préchauffer le four à 240 °C (th. 8). Couper les pommes en quartiers. Retirer le cœur, puis les peler et les tailler en lamelles.
3 | Faire fondre le beurre dans une poêle pouvant aller au four. Ajouter les pommes. Les faire revenir 5 minutes à feu doux.
4 | Battre les œufs en omelette dans une jatte avec 3 cuillerées à soupe de sucre, la farine et le sel. Délayer avec le lait. Verser cette pâte sur les pommes.
5 | Laisser cuire 2 minutes. Éparpiller les raisins blonds avec le rhum sur la pâte. Glisser la poêle dans le four. Terminer la cuisson 10 minutes.
6 | A la sortie du four, retourner la flamusse sur un plat. La servir tiède saupoudrée de 1 cuillerée à soupe de sucre.

desserts

Un gâteau tout simple

Préparation : 15 min ♦ Cuisson : 35 min

pour 16 carrés
- 10 cc de beurre ramolli + 1 cc pour le plat
- 5 CS de sucre en poudre
- 2 œufs moyens
- 6 CS de farine pour gâteau (avec poudre levante incorporée)
- 2 oranges
- 2 CS de fructose

1 | Préchauffer le four à 150 °C (th. 5). Fouetter le beurre avec le sucre en poudre jusqu'à ce que le mélange soit lisse et crémeux. Incorporer les œufs l'un après l'autre, puis la farine et le jus d'une demi-orange.
2 | Verser cette pâte dans un plat en porcelaine allant au four soigneusement beurré. Enfourner et laisser cuire 35 minutes.
3 | Presser la deuxième orange ainsi que la demi-orange restante. Verser le jus dans une casserole. Ajouter le fructose. Porter à ébullition, puis retirer du feu.
4 | Arroser le gâteau chaud de ce sirop également chaud. Le servir refroidi, coupé en 16 petites parts, directement dans le plat.

desserts

Un délice de chocolat

par personne

Préparation : 20 min ♦ Cuisson : 40 min

pour 10 personnes
- 150 g de chocolat noir riche en cacao
- 6 cc de beurre
- 6 petits œufs
- 5 CS de sucre en poudre
- 1 CS de farine
- 2 CS de Maïzena
- 1 CS de sucre glace
- 1 pincée de sel

1 | Faire fondre le chocolat cassé en morceaux avec le beurre soit au bain-marie, soit au four à micro-ondes à puissance moyenne. Lisser le mélange.
2 | Séparer les jaunes des blancs d'œufs. Réserver les blancs, fouetter les jaunes avec 6 cuillerées à soupe de sucre dans une jatte jusqu'à ce que le mélange blanchisse. Incorporer la farine, la Maïzena, puis le chocolat fondu (légèrement tiédi) en remuant vivement. Allumer le four sur 150 °C (th. 5).
3 | Monter les blancs d'œufs en neige avec le sel. À mi-parcours, ajouter le sucre restant en continuant à battre. Incorporer délicatement à la préparation au chocolat.
4 | Verser cette pâte dans un moule en silicone préalablement posé sur une grille. Enfourner et laisser cuire 30 minutes.
5 | Démouler sur une grille et laisser refroidir. Servir le gâteau à température ambiante, saupoudré d'un voile de sucre glace tamisé à travers une poudrette (ou une passoire fine).

desserts

Minicakes

3 unités POINTS® par personne

Préparation : 20 min ♦ Cuisson : 20 min

pour 6 personnes
- 8 cc de beurre ramolli
- 8 CS de sucre en poudre
- 3 œufs moyens
- 8 CS de lait 1/2 écrémé concentré non sucré
- 8 CS de farine pour gâteaux (avec poudre levante incorporée)
- 1 cc d'eau de fleur d'oranger

1 | Préchauffer le four à 180 °C (th. 6). Fouetter le beurre ramolli et le sucre en poudre dans une jatte jusqu'à ce que le mélange soit lisse et crémeux.

2 | Battre les œufs entiers en omelette à la fourchette avec le lait dans un bol. Verser dans la jatte. Mélanger, puis incorporer la farine. Parfumer d'eau de fleur d'oranger.

3 | Déposer 12 petites caissettes de papier plissé sur une plaque (les superposer 3 par 3 pour les consolider). Les remplir de la pâte aux trois quarts. Enfourner et laisser cuire 20 minutes.

> *Servir ces petits cakes refroidis soit avec une tasse de thé, soit en accompagnement d'une salade d'oranges à la cannelle (à comptabiliser)*

desserts

3,5 unités POINTS
par personne

Millas

Préparation : 20 min ♦ Cuisson : 30 min

pour 6 personnes
- 50 cl de lait écrémé
- 3 œufs moyens
- 8 CS d'édulcorant de cuisson en poudre
- 120 g de farine de maïs
- 2 CS d'eau-de-vie de fruits
- 30 g de beurre allégé à 41 %
- 1 CS de sucre en poudre

1 | Préchauffer le four à 180 °C (th. 6). Porter le lait à ébullition. Séparer les blancs des jaunes d'œufs. Réserver les blancs et mettre les jaunes dans un récipient avec l'édulcorant.

2 | Remuer, verser le lait bouillant et mélanger vivement. Ajouter la farine, mélanger et laisser tiédir.

3 | Monter les blancs en neige ferme, puis les incorporer à la préparation précédente. Ajouter l'eau-de-vie de fruits.

4 | Beurrer et saupoudrer de sucre 6 moules ronds individuels et les remplir avec la préparation. Enfourner et laisser cuire 30 minutes. Déguster tiède ou froid.

desserts

Granité de café à la menthe

par personne

Préparation : 20 min ♦ Congélation : 3 h

pour 4 personnes
- 3 à 4 CS de café soluble lyophilisé
- 5 à 6 CS d'édulcorant en poudre
- 2 bouquets de menthe rincés

1 | Dans un plat en verre large mais peu profond (style plat à gratin), mélanger 50 centilitres d'eau, le café et l'édulcorant.
2 | Remuer vivement avec un fouet pour obtenir une préparation homogène. Placer le plat au congélateur pendant 3 heures.
3 | Remuer de temps en temps avec une fourchette pour décoller les paillettes qui se forment sur les bords du moule. La préparation doit prendre et ressembler à de la glace pilée.
4 | Détacher les feuilles de menthe du premier bouquet et enlever la nervure centrale de chaque feuille. Les écraser avec un mortier et un pilon (ou à défaut avec un rouleau à pâtisserie).
5 | Sortir le granité du congélateur 5 minutes avant de servir. Réaliser 2 à 3 quenelles par personne. Les déposer sur assiette. Recouvrir de menthe écrasée.
6 | Décorer avec les feuilles de menthe entières du deuxième bouquet.

desserts

Mousse au chocolat

 6 points par personne

Préparation : 15 min ♦ Cuisson : 5 min ♦ Réfrigération : 2 h

pour 6 personnes
- 180 g de chocolat noir
- 5 œufs moyens
- 1 pincée de sel

1 | Faire fondre le chocolat cassé en morceaux soit au bain-marie, soit au four à micro-ondes à puissance moyenne. Le lisser.
2 | Séparer les jaunes des blancs d'œufs. Fouetter les jaunes dans une jatte en incorporant progressivement le chocolat fondu.
3 | Monter les blancs d'œufs en neige ferme avec le sel. Mélanger 2 cuillerées à soupe de ces blancs en neige à la préparation au chocolat en remuant vivement afin de l'assouplir puis, délicatement, incorporer le reste des blancs.
4 | Verser la mousse dans des coupelles ou dans des verrines. Réserver 2 heures minimum au réfrigérateur. La servir très fraîche.

desserts

Tarte fine aux pommes

3 unités POINTS par personne

Préparation : 15 min ♦ Cuisson : 20 min

pour 6 personnes
- 180 g de pâte feuilletée allégée à 20 %
- 4 pommes golden
- 3 cc de beurre
- 2 CS de sucre cristallisé
- 1 pincée de fleur de sel

1 | Étaler finement la pâte feuilletée placée entre 2 feuilles de papier de cuisson en un grand rectangle. La déposer sur une plaque recouverte d'une feuille de cuisson. Piquer toute la surface de la pâte à la fourchette. Saupoudrer de 1 cuillerée à soupe de sucre cristallisé.

2 | Allumer le four sur 210 °C (th. 7). Faire fondre le beurre soit à feu doux dans une casserole, soit au four à micro-ondes à puissance moyenne.

3 | Couper les pommes en quartiers. En retirer le cœur, les peler et les émincer finement. Les disposer sur la pâte par rangées en les faisant se chevaucher.

4 | Badigeonner les pommes de beurre fondu avec un pinceau. Les saupoudrer du sucre cristallisé restant mélangé avec la fleur de sel. Enfourner et laisser cuire 20 minutes. Servir la tarte chaude ou tiède.

desserts

 par personne

Velouté de mangue

Préparation : 20 min ♦ Repos : 30 min

pour 4 personnes
- 2 mangues fraîches bien mûres (ou à défaut 400 g de mangues surgelées)
- 4 grosses CS de lait 1/2 écrémé concentré non sucré
- 1 yaourt nature à 0 %
- 2 CS d'édulcorant en poudre
- 4 feuilles de menthe (facultatif)

1 | Peler les mangues, retirer le noyau et les mixer avec les autres ingrédients et quelques cuillerées à soupe d'eau.
2 | Répartir ce velouté de mangue dans 4 verres à pied.
3 | Disposer éventuellement 1 feuille de menthe sur le bord de chaque coupe. Servir bien frais.

> *Parsemer de quelques framboises pour la décoration, ou servir avec une boule de sorbet à la noix de coco (à comptabiliser)*

desserts

Niflettes

Préparation : 20 min ♦ Cuisson : 25 min

pour 12 niflettes
- 2 jaunes d'œufs
- 3 CS 1/2 de miel
- 1 CS de Maïzena
- 25 cl de lait écrémé
- 2 cc d'eau de fleur d'oranger
- Pâte à tarte feuilletée allégée (230 g)
- 1 jaune d'œuf battu
- 1 cc de sucre glace

1 | Préparer la crème pâtissière : dans un saladier, fouetter les jaunes d'œufs et le miel jusqu'à ce que le mélange blanchisse, puis ajouter la Maïzena sans cesser de tourner. Réserver.
2 | Porter le lait à ébullition. Parfumer avec l'eau de fleur d'oranger. Incorporer le mélange précédent, faire cuire 8 minutes à feu très doux sans cesser de fouetter, la crème doit épaissir. Réserver.
3 | Préchauffer le four à 200 °C (th. 6/7). Étaler la pâte feuilletée. Avec un emporte-pièce, découper 12 ronds de 8 centimètres de diamètre.
4 | Les disposer sur une plaque à pâtisserie recouverte de papier sulfurisé (faire très attention à ne pas toucher les côtés : la pâte gonflerait mal). Les piquer avec la fourchette. À l'aide d'un pinceau, les badigeonner d'un peu de jaune d'œuf.
5 | Au centre de chaque disque de pâte feuilletée, déposer 2 à 3 cuillerées à café de crème pâtissière.
6 | Enfourner et laisser cuire pendant 15 à 20 minutes. À la sortie du four, saupoudrer légèrement de sucre glace.

desserts

par personne

Muffins aux baies

Préparation : 15 min ♦ Cuisson : 20 min

pour 12 muffins
- 9 cc de beurre
- 1 œuf moyen
- 10 cl de lait entier
- 9 CS de farine à gâteaux (avec poudre levante incorporée)
- 3 CS de sucre en poudre
- 1 barquette de 125 g de baies (mûres, myrtilles ou groseilles)
- 1 pincée de sel

1 | Préchauffer le four à 180 °C (th. 6). Faire fondre le beurre soit à feu doux, soit au four à micro-ondes à puissance moyenne.
2 | Casser l'œuf dans une jatte. Le battre à la fourchette avec le beurre tiédi, le lait et le sel. Incorporer la farine et le sucre sans trop travailler la pâte. Ajouter enfin les baies.
3 | Déposer 12 petites caissettes de papier plissé sur la plaque du four (les superposer 3 par 3 pour les consolider ou les placer dans des moules à muffins). Les remplir de pâte aux trois quarts.
4 | Enfourner et laisser cuire 15 minutes. Servir les muffins tièdes.

desserts

Trifle à l'orange

Préparation : 15 min

pour 4 personnes
- 4 oranges
- 8 spéculoos
- 4 carrés de chocolat au lait (40 g)
- 400 g de fromage blanc à 40 % nature

1 | Éplucher les oranges à vif en éliminant l'écorce et toutes les petites peaux blanches. Séparer les quartiers entre les membranes.
2 | Écraser les spéculoos entre les mains pour les réduire en grosses miettes croustillantes. Hacher le chocolat au couteau. Le mélanger aux miettes de biscuits.
3 | Répartir la moitié du fromage blanc dans 4 verres (50 grammes par verre). Parsemer de la moitié des miettes de biscuits au chocolat. Recouvrir de quartiers d'oranges, puis du reste de fromage blanc. Parsemer du reste de miettes de biscuits au chocolat.
4 | Réserver au réfrigérateur jusqu'au moment du dessert (pas plus de 1 heure sinon les biscuits ramollissent). Servir bien frais.

desserts

par personne

Flans aux abricots

Préparation : 20 min ♦ Cuisson : 30 min ♦ Réfrigération : 30 min

pour 4 personnes
- 500 g d'abricots frais bien mûrs
- 4 petits œufs
- 2 CS d'édulcorant de cuisson en poudre
- 3 CS rases de farine (30 g)
- 2 cc de beurre allégé

1 | Préchauffer le four à 180 °C (th. 6). Dénoyauter les abricots. Réserver 4 oreillons. Mixer le reste pour obtenir une purée.
2 | Battre les œufs en omelette avec l'édulcorant et la farine tamisée. Ajouter la purée d'abricots. Mélanger bien.
3 | Couper les oreillons d'abricots restants en fines lamelles et les disposer dans le fond de 4 ramequins beurrés.
4 | Verser la préparation dans les moules. Laisser cuire 30 minutes environ dans un bain-marie au four.
5 | Laisser refroidir. Démouler et réserver au frais pendant 30 minutes. Servir les entremets bien frais.

par personne

Fraises au coulis de groseilles

Préparation : 15 min ♦ Cuisson : 5 min

pour 4 personnes
- 400 g de groseilles (fraîches ou surgelées)
- 2 CS de miel, 3 CS de vin blanc doux
- 250 g de fraises
- Quelques cassis et/ou des feuilles de menthe fraîche (facultatif)

1 | Placer les groseilles dans une casserole avec le miel et le vin. Bien mélanger, puis laisser mijoter jusqu'à cuisson complète.
2 | Les verser avec leur jus dans un robot et mixer grossièrement. Laisser refroidir.

desserts

3 | Disposer les fraises dans des assiettes creuses. Verser le coulis. Décorer éventuellement avec des cassis et des feuilles de menthe. Servir bien frais.

Soufflé plume à l'écorce d'orange confite

5,5 POINTS par personne

Préparation : 15 min ♦ Cuisson : 15 min

pour 4 personnes
- 40 g d'écorces d'orange confites
- 1 cc de beurre
- 3 CS de sucre en poudre (+ 1 CS pour les moules)
- 3 œufs moyens + 1 blanc
- 20 cl de lait entier
- 1 CS de fécule de pommes de terre (ou de Maïzena)
- 1 CS de sucre glace
- 1 pincée de sel

1 | Rincer et essuyer les écorces d'orange confites. Les couper en tout petits dés. Beurrer 4 moules à soufflé individuels. Saupoudrer le fond et les parois de sucre en poudre.

2 | Séparer les jaunes des blancs d'œufs. Allumer le four sur 180 °C (th. 6).

3 | Verser 3 cuillerées à soupe de lait dans une casserole. Ajouter la fécule. Mélanger pour bien la délayer. Verser le reste de lait. Ajouter 1 cuillerée à soupe de sucre en poudre. Faire chauffer à feu doux en mélangeant sans cesse jusqu'à l'ébullition.

4 | Hors du feu, ajouter les 3 jaunes d'œufs en fouettant. Faire cuire 1 minute toujours en fouettant. Hors du feu, incorporer les écorces confites.

5 | Monter les 4 blancs d'œufs en neige avec le sel. Ajouter 2 cuillerées à soupe de sucre en continuant à les battre. Les incorporer délicatement à la préparation précédente.

6 | Répartir la préparation dans les moules en les remplissant à ras. Lisser le dessus. Faire cuire 12 minutes au four. Servir immédiatement, saupoudré de sucre glace.

desserts

Chaussons d'ananas à la cardamome

Préparation : 15 min ♦ Cuisson : 10 min

pour 4 personnes
- 4 gousses de cardamome
- 2 petits œufs
- 100 g de farine
- 25 cl de lait écrémé
- 100 g de chocolat noir
- 10 cl de crème liquide à 4 % ou 5 %
- 1 petit ananas bien mûr découpé en morceaux
- 1 pincée de sel

1 | Réduire en poudre les graines des gousses de cardamome.
2 | Préparer une pâte à crêpes : mélanger les œufs, la cardamome écrasée, la farine, le lait et le sel.
3 | Réaliser 4 crêpes dans une poêle.
4 | Dans une petite casserole, faire fondre le chocolat cassé en morceaux avec la crème liquide.
5 | Garnir chaque crêpe de morceaux d'ananas et les refermer en les repliant sur elles-mêmes. Servir avec la sauce au chocolat tiède.

desserts

Crème à la banane

Préparation : 15 min ♦ Cuisson : 30 min

pour 6 personnes
- 4 bananes bien mûres (de 150 g)
- 1/2 gousse de vanille
- 10 cl de lait de coco
- 2 œufs moyens
- 1 CS d'édulcorant de cuisson en poudre

1 | Préchauffer le four à 180 °C (th. 6). Peler les bananes. Écraser la chair et la mettre dans une casserole avec la gousse de vanille ouverte en deux et le lait de coco.
2 | Faire cuire ce mélange pendant 5 minutes à feu vif en remuant.
3 | Enlever la vanille. Battre les œufs. Les incorporer à la pulpe de banane avec l'édulcorant.
4 | Verser la préparation dans des ramequins. Les placer dans un bain-marie. Cuire les flans 25 minutes au four dans le bain-marie. Les laisser tiédir.

desserts

Gâteau et sa compotée citronnée

Préparation : 10 min ♦ Cuisson : 30 min

pour 4 personnes
- 1 cc de farine
- 2 œufs moyens
- 30 g de sucre en poudre
- 1/2 citron non traité
- 250 g de fromage blanc à 0 %
- 1 cc d'eau de fleur d'oranger
- 6 CS bombées de fécule de maïs
- 1 à 2 CS d'édulcorant de cuisson en poudre (selon la sensation sucrée désirée)

pour la compotée
- 4 citrons
- 2 CS d'édulcorant en poudre

1 | Fariner un moule. Préchauffer le four à 210 °C (th. 7).
2 | Séparer les blancs des jaunes d'œufs. Réserver les blancs, battre les jaunes avec le sucre dans un saladier.
3 | Râper le zeste du citron et l'ajouter dans le saladier, ainsi que le fromage blanc, l'eau de fleur d'oranger, la fécule de maïs et l'édulcorant de cuisson.
4 | Battre les blancs d'œufs en neige ferme. Les incorporer délicatement au mélange précédent. Verser dans le moule, enfourner et laisser cuire 30 minutes.
5 | Pendant ce temps, préparer la compotée : peler à vif les citrons, les placer dans le bol d'un mixeur avec l'édulcorant. Mixer. Servir le gâteau accompagné de la purée.

> *Si la compotée est un peu trop liquide, la faire réduire 15 minutes sur feu doux, puis la laisser refroidir avant de servir*

desserts

1,5 unité POINTS
par personne

Mousse de mûres

Préparation : 20 min ♦ Réfrigération : 4 h

pour 4 personnes
- 3 feuilles de gélatine
- 2 yaourts maigres aux mûres (ou autres fruits rouges)
- 400 g de fromage blanc à 0 %
- 2 CS d'édulcorant en poudre
- 4 blancs d'œufs
- 150 g de mûres (fraîches ou surgelés)
- Quelques mûres entières (facultatif)

1 | Faire tremper les feuilles de gélatine dans de l'eau froide pendant 5 à 10 minutes. Les essorer.
2 | Porter 12,5 centilitres d'eau à ébullition et y faire fondre les feuilles en remuant jusqu'à parfaite dissolution.
3 | Mélanger les yaourts, le fromage blanc et l'édulcorant dans un grand saladier. Ajouter la gélatine.
4 | Battre les blancs d'œufs en neige ferme et les mélanger délicatement au mélange fromage blanc-yaourt.
5 | Réserver la moitié de la préparation. Ajouter à l'autre moitié les mûres écrasées.
6 | Répartir dans 4 grands verres les 2 couches superposées de chacun des mélanges. Laisser prendre au réfrigérateur. Au moment de servir, décorer éventuellement de quelques mûres entières.

desserts

par personne

Palets au chocolat

Préparation : 20 min ♦ Cuisson : 5 min ♦ Réfrigération : 2 h

pour 20 palets
- 10 cerneaux de noix (25 g)
- 14 noisettes décortiquées (14 g)
- 10 pistaches décortiquées (8 g)
- 14 amandes mondées (20 g)
- 150 g de chocolat

1 | Avec un couteau, couper les fruits secs en morceaux. Les placer dans une poêle antiadhésive, ou sous le gril du four, et les faire légèrement griller.
2 | Recouvrir une plaque à pâtisserie de papier sulfurisé. Avec un crayon, tracer des cercles de 5 centimètres de diamètre.
3 | Dans une casserole, casser le chocolat en morceaux et le faire fondre au bain-marie à feu doux.
4 | Avec une cuillère à café, remplir chaque cercle de chocolat fondu, aplatir avec le dos de la cuillère pour former des palets d'une épaisseur de 2 millimètres environ.
5 | Parsemer chaque cercle d'un mélange de fruits secs en les enfonçant dans le chocolat.
6 | Laisser refroidir à température ambiante, puis placer la plaque au réfrigérateur pendant 2 heures avant de décoller soigneusement les palets avec une spatule.

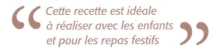

Cette recette est idéale à réaliser avec les enfants et pour les repas festifs

desserts

Tartelettes amandine

Préparation : 30 min ♦ Cuisson : 20 min

pour 6 personnes
- 120 g d'amandes émondées
- 230 g de pâte brisée allégée à 20 %
- 6 CS de confiture d'abricots sans morceaux
- 1 jaune d'œuf

1 | Préchauffer le four à 200 °C (th. 6/7). Broyer les amandes au hachoir électrique jusqu'à obtention d'une mouture assez fine.
2 | Étaler la pâte brisée. Avec un emporte-pièce, découper 6 cercles dans la pâte brisée.
3 | Disposer chaque cercle de pâte dans un petit moule à tarte individuel à revêtement antiadhésif. Réserver la pâte restante, elle servira à la décoration des tartelettes.
4 | Piquer les fonds à la fourchette. Répartir les amandes pilées dans les moules à tartelettes, puis les garnir chacun de 1 cuillerée à soupe de confiture d'abricots.
5 | Avec le reste de la pâte, former des petits rubans d'environ 1/2 centimètre de largeur, les disposer en quadrillage au-dessus de la confiture afin de réaliser des croisillons.
6 | À l'aide d'un pinceau, badigeonner les bordures des tartelettes et les croisillons de pâte avec le jaune d'œuf battu.
7 | Enfourner et laisser cuire pendant 15 à 20 minutes.

Index par ingrédients

ABRICOT (OU CONFITURE D')
Brochettes de printemps	130
Flans aux abricots	248
Tartelettes amandine	260

AGNEAU
Agneau au thym et petits légumes	128

AMANDE
Carpaccio de poire et d'avocat	68
Crumble de courgettes	110
Cake à la farine de châtaignes	218
Palets au chocolat	258
Tartelettes amandine	260

ANANAS
Salade Brazil	201
Chaussons d'ananas à la cardamome	250

ANCHOIS
Salade César	166
Tartare de légumes	186

ANETH
Blanquette de Saint-Jacques	108
Concombre sauce rose	164

ARTICHAUT
Truite au confit d'artichaut	120
Salade folle	162

ASPERGE
Flans d'asperges au beurre blanc de tomates	46

AUTRUCHE
Pavés d'autruche aux herbes	142

AVOCAT
Soupe fraîcheur	66
Carpaccio de poire et d'avocat	68
Laitue surprise	169
Salade d'avocat	192
Salade Brazil	201

BACON
Crème d'endives au bacon	34
Tatin de potiron	64
Légumes façon mille-feuille	158
Minicakes aux tomates séchées	192
Cake de courgette et chèvre	193

BADIANE
Filet mignon à la canadienne	138

BANANE
Crème à la banane	252

BASILIC
Tomates sur toasts	58
Gaspacho	61
Soupe fraîcheur	66
Salade du Sud	168
Sandwich chaud	172
Tomates croustillantes	198

BETTERAVE
Betteraves au surimi	174
Salade de betteraves aux noix	184

BIÈRE BRUNE
Lapin à la flamande, pommes vapeur	94

BLÉ
Salade de quatre graines aux crevettes	188

BŒUF
Rôti à la moutarde d'herbes	122

BROCOLI
Farfalles printanières	92
Cake aux légumes	200

BROUSSE
Papillotes de cabillaud	102

index par ingrédients

CABILLAUD
Papillotes de cabillaud 102
Effeuillée de cabillaud
    aux herbes 182

CAFÉ
Tuiles au café 214
Granité de café à la menthe ... 235

CAMEMBERT
Tartelettes aux pommes
    et au camembert 44

CANARD
Rôti de magrets
    aux champignons 126
Salade périgourdine 180

CANNELLE
Gigolettes de lapin
    aux 4 épices 96
Rôti de dinde, poires pochées
    au vin rouge 112
Petites tatin de poires 212

CÂPRES
Verrines de saumon 56
Effeuillée de cabillaud
    aux herbes 182
Rémoulade de céleri,
    châtaignes et pommes 202

CARDAMOME
Brochettes tikka 82
Poires épicées en verrines 222
Chaussons d'ananas
    à la cardamome 250

CAROTTE
Carottes aux agrumes 40
Verrines de saumon 56
Couscous de légumes
    aux épices douces 86
Étuvée de carottes
    safranées aux épinards 88
Blanquette de Saint Jacques ... 108
Pintade aux lentilles 118
Agneau au thym
    et petits légumes 128
Fèves mijotées 134
Papillotes de poisson
    au gingembre 140
Paillasson aux deux
    légumes 152
Poulet canja 154
Légumes façon mille-feuille 158
Cake aux légumes 200

CARRELET
Mille-feuille de chou
    au poisson 100

CARVI
Fèves mijotées 134

CASSIS
Fraises au coulis
    de groseilles 248

CÉLERI
Potage cévenol 37
Petits gratins de feuilles 116
Cake aux légumes 200
Rémoulade de céleri,
    châtaignes et pommes 202

CERFEUIL
Potage cévenol 37
Soupe blanche 48
Julienne de légumes
    en potage 55
Fondue d'endives 98
Rôti à la moutarde d'herbes ... 122
Fèves mijotées 134
Salade folle 162

CERISES
Tartelettes aux griottes 216
Clafoutis au duo de fruits 220

CHAMPIGNONS DE PARIS
Gratin de quenelles aux
    champignons 36
Velouté aux échalotes 50
Tarte forestière 67
Paupiettes de veau 148
Légumes façon mille-feuille 158
Tartine au chèvre frais 160
Effeuillée de cabillaud
    aux herbes 182

CHÂTAIGNE ET MARRON
Potage cévenol 37
Quinoa d'automne 136

index par ingrédients

Rémoulade de céleri,
   châtaignes et pommes 202

CHÈVRE
Cake de courgette et chèvre ... 193
Terrine de poivron
   au chèvre 72
Tartine au chèvre frais 168

CHOCOLAT
Un délice de chocolat 230
Mousse au chocolat 236
Trifle à l'orange 246
Chaussons d'ananas
   à la cardamome 250
Palets au chocolat 258
Poires épicées en verrines 222

CHOU
Saumonette à la choucroute ... 84
Mille-feuille de chou
   au poisson 100
Filet mignon
   au chou romanesco 113
Émincé de chou 196

CHOU-FLEUR
Flan de chou-fleur
   au coulis de potimarron 42
Blanquette de la mer 80
Flan de chou-fleur 155

CIBOULETTE
Papillotes de cabillaud 102
Effeuillée de cabillaud
   aux herbes 182

CITRON
Dorade au citron 91
Gâteau et sa compotée
   citronnée 254

CLOU DE GIROFLE
Rôti de dinde, poires
   pochées au vin rouge 112
Pintade aux lentilles 118
Salade de poulet mariné
   à l'italienne 170
Poires épicées en verrines 222

CŒUR DE PALMIER
Salade Brazil 201

COLOMBO
Colombo de dinde 124

CONCOMBRE
Cocktail vitaminé 42
Concombre à la menthe 43
Soupe au concombre 54
Gaspacho 61
Brochettes tikka 82
Concombre sauce rose 164
Salade de la mer 176
Coupes acidulées
   au crabe 194

CORIANDRE
Samosas de dinde
   à la coriandre 38
Verrines de saumon 56
Brochettes tikka 82
Couscous de légumes
   aux épices douces 86
Gigolettes de lapin
   aux 4 épices 96
Tagliatelles aux rougets 104
Truite au confit d'artichaut 120
Grenadins de veau
   à l'indienne 144
Effeuillée de cabillaud
   aux herbes 182
Salade de couscous
   au surimi 184
Salade Brazil 201

CORNICHON
Rémoulade de céleri,
   châtaignes et pommes 202

COURGETTE
Mousse de courgettes
   aux pignons 76
Couscous de légumes
   aux épices douces 86
Papillotes de cabillaud 102
Crumble de courgettes 110
Agneau au thym
   et petits légumes 128
Crumble de tomates
   aux saucisses 136
Cake de courgette
   et chèvre 193

index par ingrédients

CRABE
Cake au crabe 62
Coupes acidulées
   au crabe 194

CREVETTE
Laitue surprise 169
Salade de la mer 176
Salade de pommes de terre
   aux fruits de mer 185
Salade de quatre graines
   aux crevettes 188
Coupes acidulées
   au crabe 194

CUMIN
Carottes aux agrumes 40
Brochettes tikka 82
Couscous de légumes
   aux épices douces 86
Gigolettes de lapin
   aux 4 épices 96

CURCUMA
Brochettes tikka 82

CURRY
Grenadins de veau
   à l'indienne 144
Émincé de chou 196

DINDE
Samosas de dinde
   à la coriandre 38
Tournedos
   aux p'tits oignons 106
Rôti de dinde, poires
   pochées au vin rouge 112
Colombo de dinde 124
Brochettes de printemps 130
Émincé de chou 196

DORADE
Dorade au citron 91
Papillotes de poisson
   au gingembre 140

EAU DE FLEUR D'ORANGER
Minicakes 232
Niflettes 242
Gâteau et sa compotée
   citronnée 254

ÉCHALOTE
Velouté aux échalotes 50

ENDIVES
Crème d'endives au bacon 34
Fondue d'endives 98
Barquettes d'endives 178

ÉPINARDS
Flan aux épinards 48
Feuilletés à la grecque 49
Étuvée de carottes
   safranées aux épinards 88
Croustillant de saumon
   aux épinards 114
Petits gratins de feuilles 116

ESPADON
Brochettes tikka 82

ESTRAGON
Rôti à la moutarde d'herbes 122
Pavés d'autruche
   aux herbes 142
Cake au poulet
   et à l'estragon 176
Effeuillée de cabillaud
   aux herbes 182

FARINE COMPLÈTE
Minicakes aux tomates
   séchées 192
Muffins au blé complet 177

FARINE DE CHÂTAIGNES
Cake à la farine
   de châtaignes 218

FARINE DE MAÏS
Millas 234

FENOUIL
Sardines en escabèche 70
Effiloché de raie au fenouil
   et poivron 124
Salade de la mer 176
Concombre à la menthe 43

FETA
Feuilletés à la grecque 49
Ktipiti 52
Feuilletés au fromage 60

index par ingrédients

Tarte aux pommes
   de terre et à la feta 156
Salade du Sud 168

FEUILLES DE BRICK
Tartelettes aux pommes
   et au camembert 44
Feuilletés à la grecque 49
Feuilletés au fromage 60
Tomates croustillantes 198
Croquant de framboises
   à la rose 221

FEUILLES DE FILO
Croustillant de saumon
   aux épinards 114

FEUILLES DE RIZ
Samosas de dinde
   à la coriandre 38

FÈVES
Fèves mijotées 134
Salade tiède de gambas
   aux fèves 204

FLÉTAN
Flétan à la crème
   d'oseille 149

FOIE GRAS
Salade folle 162

FRAISES
Fraises au coulis
   de groseilles 248

FRAMBOISES
Croquant de framboises
   à la rose 221

FROMAGE BLANC
Concombre à la menthe 43
Barquettes d'endives 178
Émincé de chou 196
Rémoulade de céleri,
   châtaignes et pommes 202
Charlotte aux myrtilles 208
Trifle à l'orange 246
Gâteau et sa compotée
   citronnée 254
Mousse de mûres 256

FROMAGE FRAIS
Tomates farcies 60
Gaspacho 61

GAMBAS
Salade tiède de gambas
   aux fèves 204

GARAM MASALA
Brochettes tikka 82

GENIÈVRE
Saumonette à la choucroute ... 84

GINGEMBRE
Brochettes tikka 82
Étuvée de carottes safranées
   aux épinards 88
Poulet au gingembre 90
Papillotes de poisson
   au gingembre 140

GIROLLES
Rôti de magrets
   aux champignons 126
Salade périgourdine 180

GROSEILLES
Muffins aux baies 244
Fraises au coulis
   de groseilles 248

GRUYÈRE
Gratin de quenelles
   aux champignons 36
Flan aux épinards 48
Cake au crabe 62
Tarte forestière 67
Tartelettes aux noix
   de Saint-Jacques,
   sauce au whisky 73
Pommes de terre
   en éventail 125
Flan de chou-fleur 155
Légumes façon mille-feuille 158
Cake au poulet
   et à l'estragon 176
Cake aux légumes 200

HARICOTS PLATS
Agneau au thym
   et petits légumes 128

index par ingrédients

HARICOTS VERTS
Salade folle 162
Salade de thon mi-cuit
et légumes du jardin 190

JAMBON BLANC
Tarte forestière 67

JAMBON CRU
Brochettes de Saint-Jacques
au jambon 32
Couronne de jambon 36
Poulet canja 154

JULIENNE DE LÉGUMES
Papillotes de poisson
au gingembre 140
Julienne de légumes
en potage 55

KIWI
Salade d'avocat 192
Laitue surprise 169

LAIT CONCENTRÉ (NON SUCRÉ)
Couronne de jambon 36
Cake au crabe 62
Flétan à la crème
d'oseille 149
Manqué du verger 210
Risotto au lait de coco 224
Minicakes 232
Velouté de mangue 240

LAIT DE COCO
Verrines de saumon 56
Colombo de dinde 124
Risotto au lait de coco 224
Crème à la banane 252

LAIT DE SOJA
Cake aux légumes 200

LANGOUSTINE
Salade de pommes de terre
aux fruits de mer 185

LAPIN
Lapin à la flamande,
pommes vapeur 94
Gigolettes de lapin
aux 4 épices 96

LARDONS
Farfalles printanières 92
Pintade aux lentilles 118
Civet de lotte et polenta 132

LAURIER
Sardines en escabèche 70
Salade de poulet mariné
à l'italienne 170

LENTILLES
Pintade aux lentilles 118
Salade de quatre graines
aux crevettes 188

LIEU
Papillotes de poisson
au gingembre 140

LOTTE
Blanquette de la mer 80
Civet de lotte et polenta 132

MANGUE
Cocktail vitaminé 42
Grenadins de veau
à l'indienne 144
Velouté de mangue 240

MAYONNAISE
Salade de pommes de terre
aux fruits de mer 185
Émincé de chou 196
Coupes acidulées
au crabe 194

MELON
Cocktail vitaminé 42
Salade du Sud 168

MENTHE
Samosas de dinde
à la coriandre 38
Cocktail vitaminé 42
Concombre à la menthe 43
Brochettes tikka 82
Crumble de courgettes 110
Salade de couscous
au surimi 184
Granité de café
à la menthe 235

index par ingrédients

Velouté de mangue	240
Fraises au coulis de groseilles	248

MIEL
Gigolettes de lapin aux 4 épices	96
Poulet au sésame	146
Salade Brazil	201
Niflettes	242
Fraises au coulis de groseilles	248

MORILLES
Ris de veau aux morilles	103
Rôti de magrets aux champignons	126

MORUE
Morue aux deux poivrons	150

MOULES
Minibrochettes de la mer	43
Blanquette de la mer	80
Linguinis aux moules	137
Salade de pommes de terre aux fruits de mer	185

MOUTARDE
Gigolettes de lapin aux 4 épices	96
Rôti à la moutarde d'herbes	122
Pavés d'autruche aux herbes	142
Sandwich chaud	172
Salade de pommes de terre aux fruits de mer	185
Salade de quatre graines aux crevettes	188
Betteraves au surimi	174
Rémoulade de céleri, châtaignes et pommes	202

MOZZARELLA
Tomates sur toasts	58
Tomates croustillantes	198

MÛRES
Muffins aux baies	244
Mousse de mûres	256

MUSCADE
Tarte forestière	67
Gigolettes de lapin aux 4 épices	96
Flan de chou-fleur	155

MYRTILLES
Charlotte aux myrtilles	208
Muffins aux baies	244

NAVET
Blanquette de Saint-Jacques	108
Agneau au thym et petits légumes	128
Poulet canja	154

NOISETTE
Palets au chocolat	258

NOIX
Fettucines au roquefort	90
Salade de betteraves aux noix	184
Palets au chocolat	258

NOIX (HUILE DE)
Salade périgourdine	180
Salade de betteraves aux noix	184

NOIX DE COCO
Risotto au lait de coco	224

NOIX DE MUSCADE
Flan de chou-fleur au coulis de potimarron	42
Flan aux épinards	48
Feuilletés au fromage	60
Rôti de dinde, poires pochées au vin rouge	112
Tarte aux pommes de terre et à la feta	156

NOIX DE SAINT-JACQUES
Brochettes de Saint-Jacques au jambon	32
Tartelettes aux noix de Saint-Jacques, sauce au whisky	73
Blanquette de Saint-Jacques	108

index par ingrédients

ŒUFS DE LUMP
Saumon en paillettes 66
Concombre sauce rose 164

OIGNON
Potage cévenol 37
Tournedos
   aux p'tits oignons 106

OIGNON GRELOT AU VINAIGRE
Agneau au thym
   et petits légumes 128

OLIVE
Tomates farcies 60
Salade de thon mi-cuit
   et légumes du jardin 190

ORANGE
Carottes aux agrumes 40
Truite au confit d'artichaut 120
Un gâteau tout simple 228
Trifle à l'orange 246

ORANGE CONFITE (ÉCORCE D')
Cake à la farine
   de châtaignes 218
Soufflé plume à l'écorce
   d'orange confite 249

ORIGAN
Dorade au citron 91
Cake de courgette et chèvre ... 193

OSEILLE
Papillotes de saumon
   aux herbes 102
Petits gratins de feuilles 116
Flétan à la crème d'oseille 149

PAMPLEMOUSSE
Carottes aux agrumes 40
Salade d'avocat 192
Coupes acidulées au crabe 194

PAPRIKA
Ktipiti 52

PARMESAN
Tomates sur toasts 58
Mousse de courgettes
   aux pignons 76
Petits gratins de feuilles 116
Crumble de tomates
   aux saucisses 136
Salade César 166

PÂTES
Fettucines au roquefort 90
Farfalles printanières 92
Tagliatelles aux rougets 104
Linguinis aux moules 137
Salade périgourdine 180

PÂTE BRISÉE
Tatin de potiron 64
Tarte aux pommes
   de terre et à la feta 156
Tartelettes amandine 260

PÂTE D'ANCHOIS
Salade de thon mi-cuit
   et légumes du jardin 190

PÂTE FEUILLETÉE
Petites tatin de poires 212
Tartelettes aux griottes 216
Tarte fine aux pommes 238
Niflettes 242

PÊCHE
Cocktail vitaminé 42
Clafoutis au duo de fruits 220

PERSIL
Papillotes de saumon
   aux herbes 102

PETITS POIS
Farfalles printanières 92
Salade de quatre graines
   aux crevettes 188

PETIT-SUISSE
Ris de veau aux morilles 103
Tartare de légumes 186

PIGNONS
Ktipiti 52
Mousse de courgettes
   aux pignons 76
Colombo de dinde 124
Salade de poulet mariné
   à l'italienne 170
Salade de la mer 176

index par ingrédients

PIMENT
Brochettes tikka 82
Colombo de dinde 124
Salade de thon mi-cuit
  et légumes du jardin 190
Salade de poulet mariné
  à l'italienne 170

PINTADE
Pintade aux lentilles 118

PISTACHE
Palets au chocolat 258

POIREAU
Crème d'endives au bacon 34
Soupe blanche 48
Blanquette de Saint-Jacques ... 108
Fèves mijotées 134
Papillotes de poisson
  au gingembre 140
Poulet canja 154
Cake aux légumes 200

POIRE
Carpaccio de poire
  et d'avocat 68
Rôti de dinde, poires pochées
  au vin rouge 112
Manqué du verger 210
Petites tatin de poires 212
Poires épicées en verrines 222

POIS CHICHES
Couscous de légumes
  aux épices douces 86

POIS GOURMANDS
Farfalles printanières 92

POIVRON
Couronne de jambon 36
Ktipiti 52
Gaspacho 61
Terrine de poivron
  au chèvre 72
Effiloché de raie au fenouil
  et poivron 124
Brochettes de printemps 130
Morue aux deux poivrons 150
Salade de poulet mariné
  à l'italienne 170

Tartare de légumes 186
Cake aux légumes 200

POLENTA
Civet de lotte et polenta 132

POMME
Tartelettes aux pommes
  et au camembert 44
Grenadins de veau
  à l'indienne 144
Salade de betteraves
  aux noix 184
Coupes acidulées
  au crabe 194
Rémoulade de céleri,
  châtaignes et pommes 202
Manqué du verger 210
Flamusse aux pommes
  et raisins blonds 226
Tarte fine aux pommes 238

POMME DE TERRE
Crème d'endives
  au bacon 34
Soupe blanche 48
Saumonette
  à la choucroute 84
Dorade au citron 91
Lapin à la flamande,
  pommes vapeur 94
Pommes de terre
  en éventail 125
Paillasson
  aux deux légumes 152
Tarte aux pommes
  de terre et à la feta 156
Salade de pommes
  de terre aux fruits
  de mer 185

PORC
Filet mignon au chou
  romanesco 113
Filet mignon
  à la canadienne 138

POTIRON ET POTIMARRON
Flan de chou-fleur au coulis
  de potimarron 42
Tatin de potiron 64

index par ingrédients

POULET
Poulet au gingembre 90
Brochettes de printemps 130
Poulet au sésame 146
Poulet canja 154
Salade de poulet mariné
 à l'italienne 170
Cake au poulet
 et à l'estragon 176

PRALIN
Tartelettes aux griottes 216

PRUNEAU
Lapin à la flamande,
 pommes vapeur 94

QUATRE ÉPICES
Samosas de dinde
 à la coriandre 38

QUENELLES
Gratin de quenelles
 aux champignons 36

QUINOA
Quinoa d'automne 136

RAIE
Effiloché de raie au fenouil
 et poivron 124

RAISIN
Couscous de légumes
 aux épices douces 86
Salade de poulet mariné
 à l'italienne 170
Émincé de chou 196
Cake à la farine
 de châtaignes 218
Flamusse aux pommes
 et raisins blonds 226

RAS-EL-HANOUT
Couscous de légumes
 aux épices douces 86

RHUM
Clafoutis
 au duo de fruits 220
Flamusse aux pommes
 et raisins blonds 226

RICOTTA
Feuilletés au fromage 60

RIZ
Brochettes tikka 82
Colombo de dinde 124
Poulet canja 154
Salade de quatre graines
 aux crevettes 188
Risotto au lait de coco 224

ROMARIN
Crumble de tomates
 aux saucisses 136

ROQUEFORT
Fettucines au roquefort 90

ROQUETTE
Tomates sur toasts 58
Petits gratins de feuilles 116
Salade de poulet mariné
 à l'italienne 170

ROUGET
Tagliatelles aux rougets 104

SAFRAN
Étuvée de carottes safranées
 aux épinards 88

SALADE
Brochettes de Saint-Jacques
 au jambon 32
Samosas de dinde
 à la coriandre 38
Julienne de légumes
 en potage 55
Salade folle 162
Salade César 166
Tartine au chèvre frais 168
Laitue surprise 169
Sandwich chaud 172
Barquettes d'endives 178
Salade de betteraves
 aux noix 184
Salade d'avocat 192
Salade Brazil 201

SARDINE
Sardines en escabèche 70
Barquettes d'endives 178

index par ingrédients

SAUCE DE SOJA
Poulet au sésame 146

SAUCE POUR NEM
Samosas de dinde
   à la coriandre 38

SAUCISSE
Samosas de dinde
   à la coriandre 38
Sandwich chaud 172
Crumble de tomates
   aux saucisses 136

SAUMON ET SAUMON FUMÉ
Verrines de saumon 56
Saumon en paillettes 66
Saumonette à la choucroute 84
Mille-feuille de chou
   au poisson 100
Papillotes de saumon
   aux herbes 102
Croustillant de saumon
   aux épinards 114
Salade de la mer 176

SEMOULE
Tarte forestière 67
Couscous de légumes
   aux épices douces 86
Salade de couscous
   au surimi 184

SÉSAME
Papillotes de poisson
   au gingembre 140
Poulet au sésame 146

SÉSAME (HUILE DE)
Papillotes de poisson
   au gingembre 140

SIROP D'ÉRABLE
Filet mignon
   à la canadienne 138

SURIMI
Minibrochettes de la mer 43
Verrines de saumon 56
Betteraves au surimi 174
Salade de couscous
   au surimi 184

TABASCO
Flan de chou-fleur
   au coulis de potimarron 42
Terrine de poivron
   au chèvre 72
Effeuillée de cabillaud
   aux herbes 182
Minicakes aux tomates
   séchées 192
Salade Brazil 201

TARAMA
Œufs cocotte au tarama 74

THON
Terrine de l'océan 54
Salade de thon mi-cuit
   et légumes du jardin 190

THYM
Agneau au thym
   et petits légumes 128

TOMATE
Couronne de jambon 36
Samosas de dinde
   à la coriandre 38
Flans d'asperges au beurre
   blanc de tomates 46
Tomates sur toasts 58
Tomates farcies 60
Gaspacho 61
Soupe fraîcheur 66
Sardines en escabèche 70
Poulet au gingembre 90
Papillotes de saumon
   aux herbes 102
Crumble de tomates
   aux saucisses 136
Linguinis aux moules 137
Grenadins de veau
   à l'indienne 144
Paupiettes de veau 148
Poulet canja 154
Salade du Sud 168
Laitue surprise 169
Sandwich chaud 172
Salade de couscous
   au surimi 184
Tartare de légumes 186
Tomates croustillantes 198

index par ingrédients

TOMATE CERISE
Minibrochettes de la mer	43
Brochettes de printemps	130
Morue aux deux poivrons	150
Salade de thon mi-cuit et légumes du jardin	190

TOMATE SÉCHÉE
Minicakes aux tomates séchées	192

TRUITE
Truite au confit d'artichaut	120

VANILLE
Brochettes de printemps	130
Cake à la farine de châtaignes	218
Poires épicées en verrines	222
Risotto au lait de coco	224
Crème à la banane	252

VEAU
Ris de veau aux morilles	103
Grenadins de veau à l'indienne	144
Paupiettes de veau	148

VINAIGRE BALSAMIQUE
Tomates sur toasts	58
Tatin de potiron	64
Filet mignon au chou romanesco	113
Rôti de magrets aux champignons	126
Filet mignon à la canadienne	138
Morue aux deux poivrons	150
Salade de poulet mariné à l'italienne	170
Salade de quatre graines aux crevettes	188
Salade tiède de gambas aux fèves	204

VINAIGRE DE FRAMBOISE
Salade folle	162

VINAIGRE DE XÉRÈS
Laitue surprise	169
Salade de thon mi-cuit et légumes du jardin	190

WHISKY
Tartelettes aux noix de Saint-Jacques, sauce au whisky	73

YAOURT
Minibrochettes de la mer	43
Ktipiti	52
Soupe au concombre	54
Verrines de saumon	56
Brochettes tikka	82
Grenadins de veau à l'indienne	144
Salade folle	162
Concombre sauce rose	164
Laitue surprise	169
Betteraves au surimi	174
Salade périgourdine	180
Croquant de framboises à la rose	221
Velouté de mangue	240

Index par unités POINTS

	unité POINTS	
Granité de café à la menthe	0	235
Carottes aux agrumes	0,5	40
Cocktail vitaminé	0,5	42
Julienne de légumes en potage	0,5	55
Feuilletés au fromage	0,5	60
Étuvée de carottes safranées aux épinards	0,5	88
Fraises au coulis de groseilles	0,5	248
Minibrochettes de la mer	1	43
Concombre à la menthe	1	43
Velouté aux échalotes	1	50
Fondue d'endives	1	98
Fèves mijotées	1	134
Tartare de légumes	1	186
Rémoulade de céleri, châtaignes et pommes	1	202
Crème d'endives au bacon	1,5	34
Flan de chou-fleur au coulis de potimarron	1,5	42
Flan aux épinards	1,5	48
Soupe au concombre	1,5	54
Tomates farcies	1,5	60
Petits gratins de feuilles	1,5	116
Velouté de mangue	1,5	240
Mousse de mûres	1,5	256
Palets au chocolat	1,5	258
Brochettes de Saint-Jacques au jambon	2	32
Samosas de dinde à la coriandre	2	38
Soupe blanche	2	48
Gaspacho	2	61
Mousse de courgettes aux pignons	2	76
Blanquette de Saint-Jacques	2	108
Brochettes de printemps	2	130
Légumes façon mille-feuille	2	158
Salade du Sud	2	168
Betteraves au surimi	2	174
Salade périgourdine	2	180
Effeuillée de cabillaud aux herbes	2	182
Salade de betteraves aux noix	2	184
Émincé de chou	2	196
Un gâteau tout simple	2	228
Niflettes	2	242

index par unités POINTS

	unité POINTS	
Potage cévenol	2,5	37
Terrine de l'océan	2,5	54
Gigolettes de lapin aux 4 épices	2,5	96
Tournedos aux p'tits oignons	2,5	106
Papillotes de poisson au gingembre	2,5	140
Pavés d'autruche aux herbes	2,5	142
Flan de chou-fleur	2,5	155
Tartine au chèvre frais	2,5	168
Cake au poulet et à l'estragon	2,5	176
Muffins au blé complet	2,5	177
Barquettes d'endives	2,5	178
Tomates croustillantes	2,5	198
Charlotte aux myrtilles	2,5	208
Petites tatin de poires	2,5	212
Tuiles au café	2,5	214
Muffins aux baies	2,5	244
Flans aux abricots	2,5	248
Cake au crabe	3	62
Soupe fraîcheur	3	66
Papillotes de cabillaud	3	102
Concombre sauce rose	3	164
Minicakes aux tomates séchées	3	192
Coupes acidulées au crabe	3	194
Cake aux légumes	3	200
Manqué du verger	3	210
Croquant de framboises à la rose	3	221
Minicakes	3	232
Tarte fine aux pommes	3	238
Crème à la banane	3	252
Tartelettes aux pommes et au camembert	3,5	44
Tartelettes aux noix de Saint-Jacques, sauce au whisky	3,5	73
Mille-feuille de chou au poisson	3,5	100
Ris de veau aux morilles	3,5	103
Rôti de dinde, poires pochées au vin rouge	3,5	112
Rôti à la moutarde d'herbes	3,5	122
Effiloché de raie au fenouil et poivron	3,5	124
Pommes de terre en éventail	3,5	125
Quinoa d'automne	3,5	136
Filet mignon à la canadienne	3,5	138
Flétan à la crème d'oseille	3,5	149
Morue aux deux poivrons	3,5	150

index par unités POINTS

Recette	Unités POINTS	Page
Paillasson aux deux légumes	3,5	152
Salade folle	3,5	162
Salade de pommes de terre aux fruits de mer	3,5	185
Tartelettes aux griottes	3,5	216
Clafoutis au duo de fruits	3,5	220
Millas	3,5	234
Gâteau et sa compotée citronnée	3,5	254
Gratin de quenelles aux champignons	4	36
Verrines de saumon	4	56
Carpaccio de poire et d'avocat	4	68
Blanquette de la mer	4	80
Couscous de légumes aux épices douces	4	86
Dorade au citron	4	91
Crumble de courgettes	4	110
Filet mignon au chou romanesco	4	113
Truite au confit d'artichaut	4	120
Agneau au thym et petits légumes	4	128
Grenadins de veau à l'indienne	4	144
Paupiettes de veau	4	148
Laitue surprise	4	169
Salade d'avocat	4	192
Cake de courgette et chèvre	4	193
Cake à la farine de châtaignes	4	218
Couronne de jambon	4,5	36
Flans d'asperges au beurre blanc de tomates	4,5	46
Feuilletés à la grecque	4,5	49
Ktipiti	4,5	52
Tarte forestière	4,5	67
Œufs cocotte au tarama	4,5	74
Salade de poulet mariné à l'italienne	4,5	170
Salade de quatre graines aux crevettes	4,5	188
Salade Brazil	4,5	201
Salade tiède de gambas aux fèves	4,5	204
Flamusse aux pommes et raisins blonds	4,5	226
Un délice de chocolat	4,5	230
Tomates sur toasts	5	58
Saumonette à la choucroute	5	84
Salade César	5	166
Salade de la mer	5	176
Tatin de potiron	5,5	64
Sardines en escabèche	5,5	70

index par unités POINTS

	unité POINTS	
Terrine de poivron au chèvre	5,5	72
Brochettes tikka	5,5	82
Lapin à la flamande, pommes vapeur	5,5	94
Papillotes de saumon aux herbes	5,5	102
Colombo de dinde	5,5	124
Rôti de magrets aux champignons	5,5	126
Poulet au sésame	5,5	146
Poulet canja	5,5	154
Sandwich chaud	5,5	172
Salade de thon mi-cuit et légumes du jardin	5,5	190
Risotto au lait de coco	5,5	224
Trifle à l'orange	5,5	246
Soufflé plume à l'écorce d'orange confite	5,5	249
Saumon en paillettes	6	66
Poulet au gingembre	6	90
Farfalles printanières	6	92
Linguinis aux moules	6	137
Tarte aux pommes de terre et à la feta	6	156
Salade de couscous au surimi	6	184
Mousse au chocolat	6	236
Tartelettes amandine	6	260
Croustillant de saumon aux épinards	6,5	114
Civet de lotte et polenta	6,5	132
Poires épicées en verrines	6,5	222
Chaussons d'ananas à la cardamome	6,5	250
Pintade aux lentilles	7	118
Fettucines au roquefort	7,5	90
Tagliatelles aux rougets	7,5	104
Crumble de tomates aux saucisses	8	136

Index par pictogrammes

Recette	🍷	🍅	🍌	🦐	🍼	🌶	Page
Brochettes de Saint-Jacques au jambon	•	•				•	32
Crème d'endives au bacon		•					34
Couronne de jambon		•			•	•	36
Gratin de quenelles aux champignons		•			•		36
Potage cévenol			•	•			37
Samosas de dinde à la coriandre	•	•				•	38
Carottes aux agrumes		•					40
Cocktail vitaminé		•					42
Flan de chou-fleur au coulis de potimarron		•	•		•		42
Minibrochettes de la mer	•	•					43
Concombre à la menthe		•			•		43
Tartelettes aux pommes et au camembert		•	•		•		44
Flans d'asperges au beurre blanc de tomates	•	•			•		46
Soupe blanche			•	•			48
Flan aux épinards		•					48
Feuilletés à la grecque	•	•	•				49
Velouté aux échalotes		•			•		50
Ktipiti		•			•		52
Soupe au concombre	•	•			•		54
Terrine de l'océan			•			•	54
Julienne de légumes en potage		•	•				55
Verrines de saumon	•	•	•			•	56
Tomates sur toasts		•					58
Tomates farcies		•	•		•		60
Feuilletés au fromage		•	•		•		60
Gaspacho		•					61
Cake au crabe				•	•	•	62
Tatin de potiron		•		•			64
Soupe fraîcheur		•					66
Saumon en paillettes						•	66
Tarte forestière	•	•		•	•		67
Carpaccio de poire et d'avocat		•					68
Sardines en escabèche						•	70
Terrine de poivron au chèvre		•			•		72
Tartelettes aux noix de Saint-Jacques, sauce au whisky	•		•	•		•	73
Œufs cocotte au tarama	•		•			•	74

index par pictogrammes

Recette	🧑	🍎	🍌	🌿	🥛	🍖	Page
Mousse de courgettes aux pignons	•	•					76
Blanquette de la mer	•	•	•	•		•	80
Brochettes tikka	•	•		•		•	82
Saumonette à la choucroute	•	•		•		•	84
Couscous de légumes aux épices douces		•		•			86
Étuvée de carottes safranées aux épinards		•	•				88
Fettucines au roquefort		•	•				90
Poulet au gingembre		•	•			•	90
Dorade au citron		•		•		•	91
Farfalles printanières		•		•			92
Lapin à la flamande, pommes vapeur	•	•		•		•	94
Gigolettes de lapin aux 4 épices		•				•	96
Fondue d'endives		•			•		98
Mille-feuille de chou au poisson	•	•				•	100
Papillotes de cabillaud		•				•	102
Papillotes de saumon aux herbes		•				•	102
Ris de veau aux morilles	•	•	•			•	103
Tagliatelles aux rougets			•			•	104
Tournedos aux p'tits oignons				•		•	106
Blanquette de Saint-Jacques	•	•	•			•	108
Crumble de courgettes		•				•	110
Rôti de dinde, poires pochées au vin rouge	•	•				•	112
Filet mignon au chou romanesco		•				•	113
Croustillant de saumon aux épinards	•	•				•	114
Petits gratins de feuilles		•				•	116
Pintade aux lentilles		•		•		•	118
Truite au confit d'artichaut	•	•				•	120
Rôti à la moutarde d'herbes						•	122
Effiloché de raie au fenouil et poivron		•					124
Colombo de dinde			•	•		•	124
Pommes de terre en éventail				•			125
Rôti de magrets aux champignons	•	•				•	126
Agneau au thym et petits légumes		•				•	128
Brochettes de printemps		•				•	130
Civet de lotte et polenta			•	•	•	•	132
Fèves mijotées		•		•			134
Quinoa d'automne		•				•	136
Crumble de tomates aux saucisses		•	•			•	136
Linguinis aux moules		•		•		•	137
Filet mignon à la canadienne	•					•	138
Papillotes de poisson au gingembre		•				•	140
Pavés d'autruche aux herbes						•	142

index par pictogrammes

Recette	1	2	3	4	5	6	Page
Grenadins de veau à l'indienne		•	•		•	•	144
Poulet au sésame						•	146
Paupiettes de veau		•	•			•	148
Flétan à la crème d'oseille	•	•				•	149
Morue aux deux poivrons		•				•	150
Paillasson aux deux légumes		•	•	•			152
Poulet canja		•	•	•		•	154
Flan de chou-fleur		•	•				155
Tarte aux pommes de terre et à la feta			•	•	•		156
Légumes façon mille-feuille	•	•				•	158
Salade folle		•					162
Concombre sauce rose	•	•	•	•			164
Salade César		•		•			166
Salade du Sud		•					168
Tartine au chèvre frais		•	•		•		168
Laitue surprise	•	•	•			•	169
Salade de poulet mariné à l'italienne		•				•	170
Sandwich chaud		•		•		•	172
Betteraves au surimi		•				•	174
Cake au poulet et à l'estragon			•			•	176
Salade de la mer		•				•	176
Muffins au blé complet				•			177
Barquettes d'endives		•	•		•		178
Salade périgourdine	•	•	•				180
Effeuillée de cabillaud aux herbes			•			•	182
Salade de betteraves aux noix		•					184
Salade de couscous au surimi		•		•		•	184
Salade de pommes de terre aux fruits de mer			•	•		•	185
Tartare de légumes		•	•				186
Salade de quatre graines aux crevettes		•		•		•	188
Salade de thon mi-cuit et légumes du jardin		•				•	190
Minicakes aux tomates séchées		•	•			•	192
Salade d'avocat		•					192
Cake de courgette et chèvre		•	•		•	•	193
Coupes acidulées au crabe	•	•				•	194
Émincé de chou		•	•				196
Tomates croustillantes		•					198
Cake aux légumes		•			•	•	200
Salade Brazil		•					201
Rémoulade de céleri, châtaignes et pommes	•	•	•	•			202
Salade tiède de gambas aux fèves		•		•		•	204
Charlotte aux myrtilles	•	•	•		•		208

index par pictogrammes

	🎩	🍎	🍌	🍰	🍶	🍫	Page
Manqué du verger		•	•		•		210
Petites tatin de poires	•	•		•	•		212
Tuiles au café							214
Tartelettes aux griottes	•	•	•				216
Cake à la farine de châtaignes			•	•			218
Clafoutis au duo de fruits		•				•	220
Croquant de framboises à la rose	•	•			•		221
Poires épicées en verrines	•	•					222
Risotto au lait de coco			•		•		224
Flamusse aux pommes et raisins blonds		•			•		226
Un gâteau tout simple		•					228
Un délice de chocolat							230
Minicakes					•		232
Millas			•	•		•	234
Granité de café à la menthe							235
Mousse au chocolat	•						236
Tarte fine aux pommes	•	•	•	•			238
Velouté de mangue	•	•			•		240
Niflettes	•			•			242
Muffins aux baies		•					244
Trifle à l'orange	•	•					246
Fraises au coulis de groseilles		•					248
Flans aux abricots		•	•				248
Soufflé plume à l'écorce d'orange confite	•	•			•		249
Chaussons d'ananas à la cardamome	•	•			•		250
Crème à la banane		•					252
Gâteau et sa compotée citronnée	•	•	•				254
Mousse de mûres	•	•			•		256
Palets au chocolat	•						258
Tartelettes amandine	•		•				260

Remerciements

Nous remercions Mesdames Bachelot, Badinier, Barthassat, Beau, Bethenon, Beyls, Bissonnet, Blin, Bourbouloux, Champion, Clery, Couche, Domingues-Haccart, Dufour, Joannon, Kucharski, Laborie, Lagorio, Lamodière, Lamy, Le Stir, Légaret, Michaud, Molla, Nizard, Papin, Parmentier, Perrin, Piquet, Quentric, Quidu, Riff, Tandéo, Vivion, Vuillamy et Monsieur Dupré pour leur participation
à l'élaboration de cet ouvrage.

Crédits photographiques

Couverture et pages recettes : Agence Chrom
sauf page 14 : Istockphoto

Réalisation

Catherine Bonifassi, Julie Bordes, Patrice Renard

Photogravure : LC Photogravure

Achevé d'imprimer en octobre 2008 en Espagne par
GRAFICAS ESTELLA
Dépôt légal 1re publication : octobre 2008
Librairie Générale Française
31, rue de Fleurus – 75278 Paris cedex 06

30/8496/9